# 幻魔降世

Shaswahn Story Online II

友情萬歲★坦誠相見真男人！

CONTENTS

給我最想要原諒的人：

記得以前我們一家人一起去遊樂園，當我和哥哥由媽媽帶著一起去搭遊樂設施時，您不只細心的替我們記錄每一個畫面，還在我們回到您身邊時遞上特地去買的冰淇淋，並且將我抱到與您同高的位置，露出幸福的開心笑容。

只要我有所希望，您都會盡您所能的達到，不管傷心或是難過，您都會與我一起承受。對我來說，您就像是天空一樣的存在，寬廣、包容，且令人溫暖。

毫無疑問，您是我最尊敬的人。

但當那件意外發生後，您變成了我最畏懼的人。

我不了解為什麼事情會變成這副模樣，也不知道該從何問起。

我一直希望有一天能夠回到過往的幸福生活，但當您開始將傷害一一加諸在我們身上時，徘徊在我心中的是越來越重的恐懼，即便有機會能夠回到過往，我也不確定自己是否能重新與您一起生活。

我知道媽媽的死讓您很難過，因為我和哥哥也同樣很心痛。

那時候的我不明白為什麼您寧願沉溺於悲傷之中，卻不願意抬頭振作，直到哥哥帶著我離家後，我們開始以醫院為家，我似乎……開始有些明白您當時的感受了。

因為愛得太深，所以當失去時，心的地方就會很痛，就算努力的想放也放不了。我想，也許您是害怕要是放下了，就會逐漸遺忘與媽媽生活過的種種點滴吧。

我恨過您。因為您，害我變得無法行走，害哥哥得背負如此沉重的負擔去討生活。若不是您，我和哥哥的人生一定會截然不同。但我知道就算再怎麼責怪，失去的也不可能再要回來，我唯一能做的，就是原諒因為深愛著媽媽才會心痛到無法止息、鑄下錯誤的您。

我原諒您，並且期望您能夠重新獲得幸福。

▸▸Loading...
第一伺服器
歡迎回來！
Create Dream Online

銀色傳送法陣憑空出現，大、中、小三層貫穿連結，以相反方向轉動。表面的花藤指針也跟著順時旋轉，下一刻，指針正指十二點鐘方向，花面圖騰如同碎格從陣面上片片剝落，邊緣的藤蔓被賦予生命般攀爬而起，具體纏繞成一座鏤空的華麗拱門。

拱門開啟一條縫，伴隨著捲葉的微風吹出，彩色布鞋踏上磚石地板。

波雨羽率先從門內走出，踏在隸屬於白羊之蹄的公會地盤上，緊接著跟隨在後的則是約百多名的公會成員。

熟悉的氣息讓波雨羽露出舒展眉頭的微笑，調整了下帽子，他邁步走向公會大樓。

「終於回來了呢！」天戀伸了懶腰。每次只要從外區域回到公會領地，都會有種像是回到家的放鬆感。

「這次在夢幻城待了三天，不過真不得不說，不只活動有趣，就連人也很好客熱情呢！」

「就是說啊！想想那些高蹺舞者和布偶裝的遊行、花車派對，更勁爆的是……」

「夢幻城的城主居然穿著蚌殼裝從花盒裡蹦出來，大灑糖果！」

「夢幻城真的是一座好有趣的城鎮喔！」

眾人嘰嘰喳喳的討論這次在夢幻城看見的各種驚奇事物活動，自己買了、拍了什麼樣的戰利品。

走在隊伍後頭的扉空卻是開始打量公會領地的新樣貌。

本來還空著一半以上的無主花圃已經多了許多的領養人，有一些還開滿了花；原本離開時，明明才剛在建築地基的宿舍也已經完工，變成了一座漂亮的磚瓦屋；公會大樓的周圍也多了三、四座新矮屋，看起來當辦公室或倉庫的目的居多。

總覺得自己這趟任務旅程離開一時，卻像是過了數個月般的長久。

被逼著接下第一個公會任務，和伽米加他們還有幾位陌生的會員組隊，本來任務順順利利完成倒也罷了，結果卻被半路殺出的尋仇人士打亂程序，而且對方還是伽米加的舊識。

順帶一提，是因為女人而撕破臉的那種舊識。

更衰的是他莫名被無端波及當成目標，不只被當成人質抓走，更被削到手斷腳殘，最後連意識都喪失了。

回憶當時，滿滿不好的印象讓扉空吐口小氣，下意識的揉了揉右手手肘。

當時的他不清楚自己身處哪裡，直到昏過去後又清醒，人已經在夢幻城的房間裡了，事後全靠其他人七嘴八舌的解釋，他才搞清楚前因後果。

他能平安回來，全靠白羊之蹄和夢幻城、以及其他一些聯合城軍的幫忙，及時攻入冥限大城，不然他大概是掛點下場無誤。

而炙殺和冥限大城的城主「皇甫潮風」好像有很深厚的恩惠關係，所以皇甫潮風才會任由炙殺隨意將人押在冥限大城的地牢，且願意賠上自己辛苦創立的城鎮作為賭注。

其實大家能這麼容易就攻進冥限大城，也是因為皇甫潮風的「不阻止」。即使承擔恩惠，可他私心還是不同意炙殺的做法。表面上裝著跟對方打，但實際上也只是做做樣子，故意放水讓對方輕鬆攻進城。

一座城為了一個人這樣說放棄就放棄，不管是什麼樣的緣由或經歷，皇甫潮風這個人也算有情有義了。

然而，夢幻城的做法卻讓他更意外，攻下的城不作為自己的領地使用，居然又雙手奉還，附帶條件是——之後夢幻城若有需要，冥限大城必須提供幫助。

最後，炙殺被處以停權處分，終身都不能再踏入《創世記典》這款遊戲。

想到這，扉空偷瞄了一下伽米加。

正在和水諸聊天的獅獸人不知道談論到什麼話題，挺開心的。

炙殺和伽米加是因為一名青梅竹馬的女生而撕破臉。

炙殺被停權後，在夢幻城的那幾天裡伽米加有私下告訴他，自己和炙殺、舒鳳三個人之間所發生的事情。但僅止於說出過往，對於炙殺之後的事情卻三緘其口。

他也不知道伽米加心裡是怎麼想的，不過他覺得伽米加多多少少還是不好受。

從那時候炙殺拚命攻擊，伽米加卻因愧疚而採取防守的態度來看，伽米加還是將炙殺當成以前那一位與他一起生活相處、成長的摯友。

這樣說來，就算在遊戲裡沒辦法見面，那麼現實裡的兩人又是如何？

雖然有點想問，不過扉空也知道伽米加大概會用「噹啦～」音效直接帶過。

——算了，等伽米加想說的時候就會自己說了。

另外，還有一件事情也讓扉空很好奇……

扉空從走在前方的兩個人中間的縫隙瞇眼瞧。

愛瑪尼正拿著一把羽絨扇亦步亦趨的跟在荻莉麥亞身旁，一下子討好的遞上飲料，一下子又捧上甜點，一邊腳步左搖右晃的驅趕走太慢的擋路人來為荻莉麥亞開道。

這愛錢的傢伙是怎麼回事，什麼時候跟荻莉麥亞變得這麼親近？扉空困惑的想。

荻莉麥亞更是奇怪，雖然態度完全是以往的高傲姿態，不過也只是走路的姿態高傲，愛瑪尼遞來的東西都會喝上或吃上一口。

更讓人無法理解的是，荻莉麥亞似乎還露出了像是害羞般的表情。

——見鬼了吧？剛剛根本是錯覺吧！？

扉空雙手用力抹眼，決定將剛剛看見的景象當成錯覺，讓心裡好過點。

肩膀被人一拍，扉空看著又擅自搭上他肩膀的獸掌，拉下臉，兩指捏著爪尖將獸掌直接往後扔開。

「唉呀！我手斷了、手斷了！」

「最好是有這麼容易斷。」

扉空白了眼，漠視伽米加捧著手又跳又喊的誇張行為。

本以為伽米加會因為這次的事情變得「正常點」，誰知道獲得他原諒後居然又恢復這種吊兒郎當的模式。

雖然他已經習慣了倒也無所謂，但太多次還是不免讓人有些煩躁，當時他反過來安慰伽米加到底是對還是錯？

扉空深深的嘆了口氣。

這時，一隻小手牽上扉空的右掌。

扉空才剛看向突然牽住自己手的座敷童子，另一隻手也在下一秒被枚木童子握住。

「真是太好了呢！扉空哥哥完全恢復健康了。」座敷童子睜著明亮的眼，欣慰的說。

想起當時座敷童子和枚木童子也被炙殺傷得不輕，扉空為自己當時的魯莽道歉：「對不起，那時候我不該要求你們一起去對付那個傢伙，應該讓你們去躲起來才是，是我不好。」

「扉空哥，你不需要道歉，雖然我們是小孩子，但我們也有戰鬥的能力。當同伴有危險，說什麼也不可能就這樣放著離開，要是你真把我們推去躲起來，我們可真的是會生氣喔！」

「但再怎麼說，都應該是我要保護你們才對。」竟然讓小孩子受傷，是他這大人太不成熟。扉空對於當時自己未深思熟慮所造成的後果還是很愧疚。

座敷童子露出笑容，抱住扉空的手，滿足道：「有扉空哥哥這句話就很足夠了。」

正因為知道扉空有多麼的看重他們，而不是單單將他們作為利用型的夥伴，所以他們才竭盡所能的回報這份心意。

「你們兩個的傷都沒事了嗎？」

「我只是皮肉傷，青玉姐用治癒術就搞定了。」杴木童子彎起手，拍拍手臂，表示自己毫無問題。

聽見扉空在詢問雙胞胎的現況，伽米加也探頭插話，問座敷童子：「那時候妳的式神整個碎開，現在怎麼樣了？」

當時，座敷童子整個人看起來很不舒服，後來也沒機會多問清楚，不是法師職系的伽米加無法知曉式神的損毀究竟會造成主人身體什麼樣的傷害。話說回來，那隻式神該不會就這樣報銷了吧？

「雖然威士比受傷的當下讓我很不舒服，不過治癒術加上休息以後就沒什麼大礙了。但是威士比卻掉了五等，我好不容易才練起來的說！現在又要去找狩獵任務來重新練等了。」說到這，座敷童子頓時悶聲，扠腰嘟嘴。

「所以式神沒事？」

「嗯，式神有分階級，基本上一打就壞的是低階型的『冥魂類』，那種容易壞掉的我才不要，收服那個是在浪費時間。」座敷童子擺手表示不贊同，接著又轉為歡喜，驕傲的說：「所以我花了七天特別去收服威士比。本來我是想連同其他的十一個也一起收服起來，不過那間廟裡只剩下威士比而已……」

「其實沒有花那麼久，她只花一分鐘和騰蛇猜拳，三把決勝負。剩下的六天又二十三小時五十九分鐘都是在廟裡聊天吃零食。」杺木童子毫不留情的小聲吐槽。

好在座敷童子沒聽見杺木童子的掀底，不然可能又要開始爭吵了。

「雖然其他的式神都先被收服走了是有點可惜，不過威士比很強呢！打怪的時候輕鬆很多。他也很喜歡白白，所以就算只有他也沒關係……啊啊～威士比說想出來透透氣呢～」

座敷童子拉了下衣襟，紅焰式神如同一縷煙出現在座敷童子身旁，透明的半身特意與座敷童子同高。他溫柔的揉了下那酒紅色的髮。

式神的出現引來了一些人的好奇注目。

威士比靠在座敷童子耳邊小聲的說了幾句話。

「嗯，可以啊！不過不可以在地上打滾，腳步也要放輕，不然我會很難整理。」

說完，座敷童子叫出白兔玩偶，威士比一瞬間鑽進玩偶的身體裡，白兔扭了一下腰跳出座敷童子的懷抱踩落在地，瞬間長成成人大小，隨後白兔伸手抱起座敷童子，晃著一雙大兔耳，搖搖擺擺的跟在扉空身旁。

「像這樣，很方便喔。」座敷童子笑著說，朝牽著扉空另一隻手的雙胞胎弟弟詢問：「杦木，你也要上來嗎？」

「嘖嘖，老把騰蛇當成交通工具，小心有一天他會進入叛逆期。」雖然嘴上這麼說，但杦木童子最後還是跑向白兔。

伸手一撈，白兔一手抱著一個小孩，豆豆眼筆直的注視著前方。

「扉空哥哥也要一起來嗎？」

「呃……不用了。」

先不說一隻白兔扛著兩名小孩外加一名大人的畫面有多奇怪，就算真抬得起來，他也不想成為眾人目光的焦點，感覺很蠢。

「等一下、等一下，先別進去！」

突然一聲喊，讓扉空、伽米加和雙胞胎同時嚇了一跳，只見青玉站在大樓門前，雙手在胸前交叉，對著他們比出禁止的動作。

左右人群紛紛走進公會大樓，有些人還扔來幾聲笑聲。

扉空東瞧西看，發現荻莉麥亞也同樣被愛瑪尼好聲的勸著：「先別進去。」

天戀、浴血銀狐和水諸他們早都進去了，扉空搞不懂為什麼青玉要將他們擋在門外。

「等一下，馬上好，你們再等等喔。」

青玉招手要愛瑪尼跟著進去大廳，結果兩人才剛走進去，門板就立刻碰的一聲用力關上，被擋在門外的五人外加一隻白兔玩偶面面相覷。

「現在是怎麼樣，排擠我們？」杴木童子雙手抱胸，很是不滿。

「不會是因為任務中途失敗，所以要接受懲罰吧？」座敷童子小心翼翼的盯著關上的門，生怕裡面等等會跑出什麼詭異又恐怖的處罰工具來。

「我想，應該不會是這樣負面的事情吧……感覺剛剛大家也沒有不爽的情緒，在夢幻城的時候也玩得很開心呀！」伽米加搔搔頭。

「那麼現在我們真的要在這裡等？完全不知道自己到底在等什麼東西……」扉空望向二樓門窗，關緊緊的玻璃窗因為陽光反射而看不清裡面有何物體。

「就等看看吧，我想應該不會是什麼壞事。」

看著荻莉麥亞露出饒富趣味的微笑，剩餘四人互看著，一臉的怪異與困惑。

「真意外，這次荻莉麥亞姐居然這麼平和的默認那些傢伙的做法。」

「就是說啊！照理來說，這種莫名情況應該會讓荻莉麥亞姐姐直接拿出槍槍，咻咻咻咻的用子彈招呼這扇緊關著的大門才是。」

伽米加雙手輕敲兩個孩子的頭頂，無奈笑道：「你們到底把荻莉麥亞想得多凶悍啊？她不是會因為這種小事就舉槍招呼的人。」

「開開玩笑嘛！我們當然知道。」枚木童子吐舌，想著繼續道：「不過真的很奇怪啊……這一路回來，那個死愛錢的傢伙一直沾黏著，荻莉麥亞姐居然都沒有推開他，也沒有任何不高興，更沒有直接用狙擊槍轟掉他的腦袋。」

「荻莉麥亞和愛瑪尼確實有點奇怪。」扉空托著下巴，認真附和。

話說，他也還沒問荻莉麥亞關於炙殺的事情，那個人究竟是不是她所要找的那一位呢？當時荻莉麥亞的表情並不像是認識炙殺，但她又確實是要找一名遊戲ＩＤ叫做「炙殺」的玩家……

反正現在不知道要等多久，也不知道裡面的人在做什麼，那麼他乾脆趁這空檔問問，好知道結果是怎麼一回事。

想到這，扉空認同的點頭，也不拖延的直問：「荻莉麥亞，方便問一下嗎？」

荻莉麥亞一愣，點頭說：「什麼事？」

「那個……妳要找的那個人……找到了嗎？」

他這樣問會不會太饒舌？應該不會吧。

「……嗯。」

「所以妳要找的人真的是炙殺！？」

聽見扉空吃驚的問話，荻莉麥亞趕緊搖頭解釋道：「不，是我搞錯了。嗯，該怎麼說呢……『炙殺』這個名字是那個人在別款遊戲所使用的ＩＤ，我本來以為他在《創世記典》也會繼續沿用以前的ＩＤ，不過遇到這裡的『炙殺』後，我發現原來我一直找錯方向，那個人在這裡並不是用『炙殺』這個ＩＤ名。」

「咦！？但是荻莉麥亞姐姐妳剛剛不是說已經找到了妳要找的人？」

座敷童子抓著頭，黑色的纏繞絲線在頭頂盤旋。座敷童子感覺自己的腦袋好像打結了，搞不懂荻莉麥亞為什麼明明說找到，卻又說那個人不是她要找的對象。

「啊啊——座敷妳不要再想了啦！搞得我頭也開始痛了。」枕木童子痛苦的甩頭，罵了聲：「雙胞胎的心電感應真討厭！」

「那一位炙殺是伽米加的朋友，但不是我所認識的那一位。」荻莉麥亞解釋。

「那麼妳所要找的那個人……」突然，好像有什麼東西在腦海成形，扉空指著大門，難以啟齒道：「該不會是……」

「碰！」

大門的打開終止扉空的問話，門內的景象令扉空錯愕不已。

就他目前僅有的記憶來看，白羊之蹄的公會大廳應該是一堆木箱的倉庫布景，但現在不說該有的木箱統統不見，還多出了好幾張整齊排列的圓桌和椅子；不僅如此，連靠近樓梯的中央空地都多出了一座在歌唱比賽時才會出現的舞臺，臺邊各擺三座兩公尺高的巨型音響，七彩燈泡環繞裝飾。

愛瑪尼站在舞臺上高舉麥克風，笑容閃著十字星鑽，接著手指比出數字高數：「一、二、三——」

白羊之蹄的會員排滿走道兩邊及二樓的走廊，齊聲大喊：「歡迎新成員平安歸來，白羊之蹄歡迎～歡迎～歡迎你～愛你呦！」

眾人手做愛心狀，朝著門外的五人送秋波，有些人更扭腰擺臀送飛吻。

——這、這到底是……？

「伽米加，這是什麼情況？」扉空悄悄詢問身旁的萬事通。

「呃……應該……是在辦歡迎會吧。」伽米加不太確定的回答。

「所以、所以他們是在準備派對，而不是打算處罰我們囉？」座敷童子抱住白兔的耳朵，雙眼閃閃發光。

「看起來應該是。」桄木童子撇了撇嘴，低頭看著手上剛剛被開門嚇到而一時情急叫出的武器，隨即收起，「那就不需要凰冥刀了。」

「原來如此，叫我們在外面等著就是為了準備這些布置吧。」荻莉麥亞說了聲「走吧」，便邁步走進大廳。

一見荻莉麥亞走過來，愛瑪尼馬上將麥克風塞給波雨羽，趕緊跳下舞臺跑向荻莉麥亞，笑臉迎上。

「那現在我們……？」

扉空才剛想問伽米加的意見，手臂突然被人抱住，轉頭一看，是青玉。

「扉空哥，快點進來吧！還有米加哥、座敷和杴木，走吧走吧！」

扉空腳步踉蹌的被青玉推入公會大廳，他、伽米加、還有抱著雙胞胎的白兔穿過人群排成的大道，最後停步在舞臺前。

扉空下意識望向其他人，別說雙胞胎和伽米加早就被四周桌面擺放的食物吸引了目光，身旁的白兔低下頭，豆豆眼看得扉空有些發毛，沒辦法之下，扉空只能將視線回歸舞臺，卻在同時與波雨羽對上。

波雨羽向扉空露出微笑，接著望向所有人，握著麥克風說：「這次大家辛苦了，多虧了各位的合作幫忙，才能順利將我們的家人救回來。謝謝了，各位！」

臺下的人舉手歡呼鼓掌，還夾雜幾聲口哨。

「這是一定要的！」

「白羊之蹄最棒了！」

「會長我喜歡你很久了，好帥帥啊——」

不知道是誰趁機告白。

波雨羽莞爾的揮手回應，接著看向臺下的五人。

「扉空、伽米加、座敷、校木還有荻莉麥亞。」

扉空注視著，只見波雨羽露出了笑容，語氣誠懇且溫暖的認真道：「歡迎回家。」

「新會員，歡迎回家——！」

眾人齊聲吶喊，震撼空氣，每個人的臉上全是滿滿笑意。

心中傳出澎湃的鼓動，這是以前從未有過的感覺，扉空抓著胸口，想說些什麼，才發現喉嚨已經滿是酸澀，讓他什麼話也無法吐出。

簡單的詞，從他離家出走後就消失在他的世界裡。

以前，還有人會對牽著碧琳從學校回來的他溫柔訴說，輕聲且溺愛的說著那句……

「碧琳，科斯特，歡迎回來。」

青玉繞到扉空的面前，握住他的手——他顫抖的指尖似乎在那帶有餘溫的掌心裡變得不再冰冷。

「歡迎回家，扉空哥。以後不管遇到什麼事情，只要你希望，白羊之蹄永遠都會是你的後盾，是你的家。」

「青玉說得沒錯。」波雨羽跳下舞臺，來到扉空面前，「扉空先生，這句話我似乎還沒跟你說過。」

波雨羽遞出手，笑著說：「歡迎你加入白羊之蹄。」

這傢伙也許並沒有那麼的討人厭。雖然當時他們是被強迫入會，但是就如波雨羽所保證的，只要他們需要，白羊之蹄就會給予他們幫助。就如這次，波雨羽義無反顧的帶著所有會員趕來救他們。

握上波雨羽的手，扉空深吸一口氣，問：「你這樣帶著所有人趕來，就沒想過後果嗎？」

第一時間就毫不遲疑的給予幫助，但他們受困的地方並不是一座小公會足以攻進的地盤，若沒有其他城鎮的幫忙，白羊之蹄即便再怎麼強大也絕對不可能攻進冥限大城。

波雨羽知道扉空指的是什麼，無所謂的回答：「看著家人深陷危險卻什麼都不做，這不符合白羊之蹄的作風。」

就算扉空沒親眼所見，但聽其他人的事後陳述也足以明白，白羊之蹄會那麼團結並不是空穴來風，因為這公會的會長就是個讓人不得不信服的人。

「我們只是新進沒多久的會員。」

「不論新舊，家人就是家人。當然，我也希望從此刻開始，你能將我們當作家人，將這裡當成自己的家。不論如何，我們這個家是絕對不會任意的放棄家人。」

波雨羽話語令人動容，但扉空卻只能抿著唇，連苦笑都無法。他心裡想起的是那個無法再回去的家。

連毫無任何關係的外人都能說出這般話，那麼擁有血緣羈絆的家人又為什麼會變成如此，他想不透。

扉空望向青玉，問：「青玉妳……也喜歡這裡嗎？」

青玉毫不猶豫就點頭了。

「當然，會長和大家，我最喜歡了！然後，能和扉空哥成為家人，我想，是今年最開心的事情了。」

波雨羽揉著青玉的髮。

「這話讓我聽到都害羞了。」

「嘿嘿……」

看著兩人的相處，某種情緒在扉空的心中盤繞，不是負面的討厭，反而像是坦然的喜悅。他開心青玉如此喜歡這個她所待的「家」，也擁有溺愛她的眾多家人。

不管如何都無所謂，只要能夠看見那笑著的容顏，就比任何事情都要來得讓他欣慰。

因為她是……

「那麼扉空哥呢，是不是也該說一下對於這個『家』的看法？」

青玉調皮的眨眼，晃手環指著，示意扉空周遭的某些人可是正豎起耳朵在聽著呢。

「看法嗎……」扉空抿著脣。

「是啊，會長也很想知道吧？」

「這是當然的，扉空先生對白羊之蹄有任何意見都能提出，不過更重要的是這座公會是否能讓你打從內心喜歡，我更想知道這件事情。」波雨羽認真道。

每個人都希望自己所創造的東西能獲得所有人的喜愛。當然，波雨羽也是一樣。

「我是不知道自己是不是真心的喜歡，因為喜歡這種情緒……」

從那時候開始，喜歡這種情緒對他來講就像是遺忘在角落許久的布娃娃，沾上了一層灰霧，想清都清不乾淨，連看清楚容貌都做不到。

唯一在那灰霧裡能看清楚的臉，就只有碧琳而已。

為此，其他東西在他的眼裡都像是失去了五官。

但不知道從什麼時候開始，那團霧卻像是被風吹般的逐漸散開，很多時候他發現，好像某些東西開始逐漸清晰，不再是只能瞧見那女孩的世界。意外的同時，伴隨而來的卻是害怕膽怯，因為他再也無法將碧琳放置在獨一無二的天秤之上。

垂下的眼眸再次張開，扉空注視著青玉，輕聲說：「只要妳喜歡，我就喜歡。」

他只能在每每想起的同時告誡自己，不論他再怎麼樣對其他人有感，也絕對不能忘記自己是如何一路走來。

他只能用話語來讓自己想起……想起碧琳是他此生發誓的唯一。

「誒、扉空哥怎麼這麼說？怎麼能我喜歡你也跟著喜歡呢？」

青玉嘟起嘴，但下一秒就噗一聲輕笑出來，望向波雨羽，問：「會長，扉空哥的回答你能接受嗎？」

波雨羽摸著下巴，裝出思考模樣，「嗯……勉勉強強，但也不是不能接受的程度。」隨後他挑著眉，向扉空接著說道：「希望你在公會待上一個月之後，這句『只要妳喜歡，我就喜歡』的話，能夠變成『是的，我愛死白羊之蹄了』。」

「要扉空這麼坦然，我想有難度喔！」剛剛都不出聲的伽米加突然冒出，搭上扉空的肩。當然，下一秒就被扉空再度一掌拍開手。

「既然已經玩開了就不要來插嘴。」就算沒看，光聽聲音扉空也知道在波雨羽與他談話的時候，伽米加早就融入人群聊天哈啦打屁，既然都聊開了就繼續聊，來湊什麼熱鬧啊他！

「嘖嘖，你看，他就是這樣，搞得自己好像七、八十歲的嚴肅老頭。」伽米加摸著後腦，握著波雨羽的手彎腰認真道：「還請您多多包涵。」

「彼此彼此。」波雨羽認真一握。

「呀哈哈哈哈——」

後方傳來的尖聲大笑讓本想對人翻白眼的扉空下意識的轉頭，結果卻看見一隻大白兔正扛著兩個小孩在圍著的人群中，如同遊樂園的空中鞦韆般進行高速迴轉，一個定點停止，白兔左右腳交叉跳，擺出天鵝Pose做Ending。

圍觀的人賞臉的給予歡呼與鼓掌、叫好。還有女生直接站出要求白兔讓她也玩玩，結果意外的是白兔還真的放下兩個孩子，毫無猶豫的以公主抱方式抱起那名女子再來一次高速旋轉。

「呀哈哈哈～好好玩喔！」

——搞什麼，結果式神已經自願變成眾人觀賞的小丑了嗎？

扉空嘴抽。

「哇塞，原來大白兔這麼厲害，等等我也要去向座敷問問能不能讓我玩玩！」

青玉興奮的聲音讓扉空趕緊收回視線，對著青玉慌忙道：「這怎麼行？那太危險了。」

「嗯？」

「呃、不，我的意思是……」扉空努力思考該怎麼勸青玉別打白兔的主意，誰知道那玩偶安不安全，就算式神可靠，但也不代表這樣玩不會中途脫手將人甩出去。其他人愛怎麼玩他管不著，但如果是青玉，這麼危險的活動他怎麼能放心。

「看大家好像已經等不及了，那麼也差不多該開始了。」波雨羽拍拍麥克風讓大家將注意力放在他身上。

白兔停止旋轉，偏頭晃著大兔耳，懷裡的女子則是露出突然被人打擾的惋惜表情。

「不好意思打斷那邊的旋轉車輪兔，我不是要阻止，只是想要宣布一件事情。」波雨羽笑了下，麥克風高舉，大聲道：「白羊之蹄歡迎會正式開始——！」

眾人一愣，隨即歡呼。

「喔耶——！」

舞臺上播放著輕快的舞曲前奏，上下左右的彩色箭頭隨著音樂從臺底往上升飄出舞臺，三原色的光圈環繞著中央變換各種組合圖樣，幾名男女與正要下臺的女子拍手交棒，跳上舞臺開始跟著節奏及箭頭勁歌熱舞。

桌面上擺放著一一出爐的餐點，有飲品、甜點、燒烤、簡餐，也有炸食。

吧檯裡身穿唐服的少女俐落的翻耍酒瓶與酒杯，酒瓶一個甩天，在旋轉下墜時順勢落入少女的掌心之中，傾身一倒，湛藍的酒品順著杯緣流入三角杯底，將空杯紛紛斟滿，手指繞轉捻起盤中的紅櫻桃點綴裝飾於藍酒之上。作品完成，少女行禮致意，前方的男粉絲全都給予鼓掌與讚嘆的口哨。

青玉端著裝有四杯飲品的托盤穿梭在人群裡。

「米加哥，要來杯紅茶或水果酒嗎？」

伽米加放下裝著漢堡的盤子，從托盤上取走一杯紅茶，感謝道：「謝了。」

「不客氣。」青玉微笑著，「那我把剩下的端去給其他人喔。」

「好，辛苦了……等一下，青玉。」

邁出的腳步停止，青玉好奇問：「是？」

「妳有看到扉空嗎？剛剛我轉個身他就不見了，妳知道他去哪裡了嗎？」

「扉空哥嗎？」青玉思考著，手指隨著目光指向二樓，道：「剛剛他問我能不能四處逛逛，我想如果不是在樓上參觀，就是在外面也不一定。」

「……真是意外，他居然自動問妳能不能參觀環境。」

「嗯？」

「呃、不，妳和他也相處過一段時日，應該不難看出他的個性，總覺得他不是那種對周遭環境有所興趣的人……嗯，應該說，就算有興趣，也不會主動的說他想要做什麼。」

「咦，是這樣嗎？」

伽米加一愣，只見青玉托著臉頰，認真道：「我倒覺得扉空哥對很多事情都很感興趣，只是不善表達而已。而且只要仔細觀察，不難看出他的喜怒哀樂。」

伽米加眨眨眼，有趣的笑了。

「怎麼了？」青玉困惑的詢問。

伽米加搖頭，「沒什麼，只是覺得扉空喜歡和妳親近不是沒有原因的。」

「咦？」

扉空哥有特別喜歡親近她嗎？她怎麼沒發現？青玉偏頭思考著。

「因為妳比我們這些人還要更了解他。」

▲▲▲◎▼▼▼

左邊每隔三公尺就有一扇木框窗戶，對開的窗戶打開一邊讓空氣保持流通，而右邊則是每隔十公尺就有一扇房門。陽光照射進來，窗框的光影映照在雪白的牆壁上，鵝黃色澤形成斜直的圖樣。

扉空走在走廊上，一邊欣賞窗戶外的遠景，一邊毫無目的的漫遊。

因為想找個安靜的地方休息，他向青玉詢問能否四處參觀，得到對方授權之後便開始在四周胡亂逛，結果逛著逛著就上了二樓，看見走廊旁有通道就順著走了過去……等意識到的時候，他已經逛到了大廳之後的內房走廊。

也許這裡是其他人的房間、或者是辦公室，他不曉得，也沒偷看的興趣，所以在這裡慢慢閒晃。反正青玉授權可以四處看，只要他不去隨便翻人房間就沒差了。

扉空發現走廊的結構不像一般的屋宅，只順著邊緣圍繞的方正四邊架構，而是從中剖出一條「十」字型的道路連接，且在大廳的正後方還有連接背部建築的天空走道，但他沒有走過去，所以不知道背部的建築內部長什麼樣子。

雖然他有看見通往三樓的樓梯，可畢竟他在這裡還算資淺，就沒打算再朝更高一層逛去。在二樓慢慢晃，找個地方欣賞風景，等活動結束之後再下去應該沒關係，畢竟他不是很擅長待在那種一堆人會向他打招呼的地方，他只會「嗯」的點頭作為回應，也許對某些人來說並不是那麼的恰當。

雖然微弱，但這裡還是聽得見從大廳傳來的音樂，現在應該是有人在唱歌，因為他聽見了女孩子的聲音。

扉空走出轉角，一道人影映入眼簾。

波雨羽正靠坐在窗框上，眺望遠方的風景。

扉空完全沒料到波雨羽會在這裡，頓停腳步思考著是要轉回轉角，還是要繼續前進。感覺回去怪怪的，但若繼續前進，波雨羽一定會跟他打招呼，那麼與波雨羽面對面時他又要說些什麼？

不擅長交流的扉空正考慮下一步該如何走，卻沒想到波雨羽會在此時突然朝他望來，被發現的扉空這下子只能硬著頭皮前進，一邊思考著要講哪句話當開頭。

「扉空先生，你怎麼在這裡？」

結果是波雨羽先開口詢問。

扉空頓了下，停步在波雨羽前方，尷尬回答：「呃……想參觀看看公會。」

「啊！也是，早在你加入白羊之蹄時就該先帶你們參觀的才是。抱歉，是我疏忽了，那麼需要我幫忙介紹嗎？」

「不、不用了，我自己四處看看就可以了。」

話一出口，扉空才發覺自己的用詞好像頗有不妥。

——這樣會不會讓波雨羽覺得沒面子？畢竟人家是公會會長啊……

扉空正想著該如何改話解釋時，波雨羽卻搶先一步。

他毫無任何不悅，五指併攏橫劃開口道：「那麼請參觀吧。這座公會主樓還有三、四樓，若有興趣也可以從對角的樓梯上去看看，基本上這裡都是辦公室和一些空房間。另外，如果你有興趣，外面的空花圃也歡迎認養。」

「喔、是……那，我就繼續……參觀。」扉空擠出僵硬的微笑點頭回應，才剛從波雨羽身旁走過，卻再度被喚住腳步。

「對了，差點就忘記了，這個給你。」

看著波雨羽像是握著什麼的舉著手，扉空愣了好一晌，才將手掌攤開放在那拳頭之下。

波雨羽鬆開五指，一顆用金箔紙包著的物體順勢落入扉空的掌心。

扉空看著波雨羽的微笑，還以不解的表情。

為什麼波雨羽要送他巧克力？

「這次，別再扔掉了。」

輕聲細語卻帶著濃厚的情感，但扉空想不透為什麼波雨羽會說出這句話，只能回答：「這應該是你第一次給我東西吧，我們之前也不認識，應該不至於有扔掉你的任何東西……」

波雨羽笑著搖頭，他轉頭望向窗戶之外，藍天裡，幾隻白鳥交互飛繞。

「你真的不知道我是誰？」

波雨羽的突然問話讓扉空感到很莫名。

「這沒有什麼知道或不知道，我才剛加入你的公會……」

「公會是嗎……也對，多了這層偽裝，要認出是誰也許真的是困難些，都那麼久沒見了，或許真的忘了也不一定。」波雨羽將視線定在扉空身上，語氣裡夾雜著認真與失落：「但我，卻從未忘記你，科斯特。」

現實的名字從另一個人口中喊出讓扉空嚇了好大一跳，心臟不安的狂跳，好似下一秒就要從喉頭躍出，腳步更是不自覺的往後退了一步。

扉空從沒想過會在遊戲中碰見這種情況，被一個陌生人道出自己的現實名字。

這個人到底是誰，為什麼會知道他是誰？

看破他外在偽裝的這個人，到底是……

扉空的視線慌亂眨動，遲疑開口：「你……」

「你真的一丁點兒也想不起來嗎？」波雨羽的眼裡並沒有惡意，只有滿滿的期待，他正在期待扉空的回答。

——他要我想起什麼？

扉空小心翼翼的觀察那張帶有鷹族特徵的臉，那雙鳥類的豎瞳。

就算真的除去這些遊戲裡的特徵，但他的記憶裡根本找不到與眼前人相符的人選，自從踏入A市後，除了碧琳、石川讓，還有經紀公司的BOSS里斯，他和其他人根本很少有交集，就算是合作過的其他藝人或是薇薇安，也只是蜻蜓點水的交往罷了，離開工作地之後根本不會有什麼聯絡機會。

何況波雨羽給他的感覺也不像是藝人。

那麼，波雨羽又為什麼會知道他是誰？

——A市裡根本就沒有……

——等等，如果說是在A市之前，自己曾經住過的那個地方……

扉空感覺掌心的金箔好似多了些溫度。

「這次，別再扔掉了。」

他覺得好像有什麼在腦海裡衝撞，無數的色彩急欲築構成圖畫。

蒼蒼鬱蔭的樹木、斑白紅漆的鐵欄。

「嘻嘻……」

好像，在一切變調之前，他曾經有過的回憶。

▶▶Loading...

第二伺服器

# 六年，未曾遺忘的友誼。

Create Dream Online

小學剛升上三年級，被分配到新班級的時候，他與鄰座的同學相互聊開了，久而久之，很多事情都相邀著前行，他們變成了無話不談的好朋友。

「科斯特、科斯特，等我啦！」

金髮男孩胡亂的將桌上的課本塞進書包，揹起後朝著站在教室後門的他跑來。

他上下打量了金髮男孩一眼，默默的繞到男孩身後，把根本沒扣上的書包鐵釦扣好。

「哈？我沒扣好嗎？」

「連一顆都沒扣上，你是打算走到校門時一路上都掉東西是不是？」

故意使力朝著面前的黑色書包壓了下，在金髮男孩腳步不穩時，他笑著跑向走廊。

「太慢我就不等你了喔，先回家了。」

「啊、你好詐！等等我啦！」

與自己很好的玩伴，雖然家住相反的兩邊，但還是會提早到達定點處，等他到達後再一起去上學；偶爾會從家裡帶些新奇的玩具來與他分享，也會在放學時拉著他一起去便利商店買冰吃；興起之時更會自不量力的去挑釁學校後院的大黃狗，然後硬是要他在旁邊當觀眾，最後卻在黃狗吠著衝來時拖著他逃跑。

直到發生變故，他變得不再與人接觸。

「科斯特，你為什麼都不下來呢？身體不舒服嗎？」

泳池邊，金髮男孩特地從水池裡上來，詢問坐在圍欄旁還穿著制服的他。

「不是……」

「如果是身體不舒服，我去幫你跟老師說，絕對不要勉強。」

「我沒事，只是最近有些過敏，不適合下水。我有跟老師說過了，她讓我在這裡休息。」

「喔喔，原來如此，那你好好休息，放學之後我們一起去吃冰。」

泳池裡傳來其他同學喊著要金髮男孩下水玩耍的聲音。

「等一下我再回來。」

他看著金髮男孩笑著揮手，邊跑向池邊，小心翼翼的抓著扶梯下水，然後和池裡的玩伴繼續潑水打鬧。

他想下水和大家一起玩，但是卻不行，如果脫下制服就一定會被看見他拚命遮掩的傷害。

逐漸的，他在合群的那一塊變成被孤立出來的人，但金髮男孩卻還是從沒放開他的手。

金髮男孩一樣在定點處等著他一起去上學、帶零食玩具來分享、故意在放學時喊著要他等他，然後不將書包的釦子扣上。

但他卻再也沒有幫男孩扣上釦子，也擅自先行離去。他不再聽男孩說要他等待的聲音、故意繞道上學。

也許這個人很想遠離他，只是拉不下臉離去。有些時候他會忍不住這麼想著。

他不是特立獨行，只是不再清楚怎麼向別人表達自己的想法，也害怕別人的接觸，如果碰到那些傷口他根本無法忍住疼痛，一定會讓別人發現他辛苦隱瞞的事情，到時又該如何解釋？別人又會怎麼看待他？

金髮男孩還會願意和他一起玩嗎？

班上其他人又會怎麼看待與他相處的男孩？

「科斯特，這個給你。」

他看著手上整整一大塊的精緻巧克力，不解的望向金髮男孩。

「媽媽帶了很多糖果，我先去拿來了。這塊巧克力送給你，雖然你爸爸不能來有點可惜，不過如果你有什麼話想說，今天我都可以陪你喔。」

他看見金髮男孩眼中的期待，期待著他將這陣子心中隱藏的秘密告訴他，但他卻還是說不出口，只能搖頭。

遠處的女子喊著金髮男孩的名字，他看見男孩跑回女子面前，另一名男子和導師聊完後也來到女子身旁，男孩被揉亂頭髮，笑得開朗。

不知道為什麼，這畫面在他眼裡卻變成刺眼的圖畫，他只能死瞪著看，看著自己與對方的不同，忌妒著。

當他回過神時，手上的巧克力早已扭曲的躺在垃圾桶裡。

他不知所措，卻也沒有撿起來的動力，只能轉身回到空盪的位子上坐著，當作什麼事情都沒有，什麼事情都沒有發生。

▲▲▲◎▼▼▼

掌心的巧克力與回憶重疊，扉空覺得呼吸困難，聲音帶著遲疑：「東方……禹？」

扉空看見波雨羽露出了微笑，肯定他的記憶。

六年前的玩伴再次出現，扉空不知道自己的內心是否是開心，只能察覺自己不知該如何面對的心情。

「你……看到了？」

波雨羽停頓了一會兒，才點頭。

扉空覺得腦袋很悶很痛。他知道自己當時做的事情有多過分，將朋友好意送他的禮物扔掉，然後裝成沒有這回事離去。

「我、我真的……」

「對不起。」

看著突然道歉的波雨羽，扉空呆愣。

「那時候我沒察覺到你的為難，自認為自己是個好朋友，但是卻沒看出你的異狀、忽略你的求救，明明什麼都不知道，卻一直要你將心裡藏著的秘密說出來，那時我的舉動一定讓你很不舒服吧。」

「所以，你知道？」

波雨羽沉默了一會兒，轉身面對走廊，垂眼道：「畢業典禮那一天，我等不到你來，你記得那一天我到你家找你嗎？」

扉空抿著唇，隨著波雨羽的話語回憶起那一天。

他記得只剩下他一人的家響起了門鈴，他胡亂的將正在擦拭傷口的棉花與藥罐塞進醫藥箱裡藏起，用衣袖與褲管遮掩傷口前去開門，透過一點點的門縫，他看見了好友的微笑。

那時的他只覺得好害怕、好害怕，對方的突然來訪會不會發現他一直遮掩的傷？

「你跟我說你感冒了，所以沒去參加畢業典禮。那時的我雖然覺得奇怪，但卻選擇相信你。上國中之後我去過你家想要找你，因為你家沒有人在，所以我就去問了路過的鄰居，那時我才知道你帶著妹妹離家出走了，而且你們家……發生了那麼多事情，我卻什麼都不知道。」

「……我沒說，你又怎麼會知道。」

「真正的好朋友，即使不說出口，也應該要察覺。」

波雨羽的話語讓扉空失笑，將臉埋進雙掌裡，努力制止湧出的情緒。

拋棄一切遠離原本生活的城市來到A市，從陌生的環境到逐漸熟悉，以為這一輩子就會這樣過，但他從沒想過有那麼一天還能再次見到曾經相處過的人。

其實該道歉的並不是波雨羽，而是他才對。波雨羽並沒有做任何錯事，是他不敢說出口，自甘承擔一切，卻又在承擔之後發現自己根本無力承受。

「我真的……真的很對不起……我不是故意要扔掉的，那時的我沒辦法想那麼多，只是看見你和家人相處的畫面就不由自主的……」發顫的唇不知道該如何說出那個詞彙，那是年紀小的自己未細想之後的輕率舉動，靠著行為來發洩自己心中的不平衡，即使知道自己不該如此卻也無法制止。

「我知道。」

波雨羽鬆開緊緊互握的雙手，來到扉空面前，坦然的表情反而讓扉空更加不知所措。

「那時候看見你扔掉巧克力，我確實是有那麼一點點……一點點的難過，完全不曉得你這麼做的理由，回家之後還用筆記本列出自己是不是哪些地方惹你不開心了。」說到這，波雨羽嘆了口氣，拍拍後腦，「結果卻到國中才發現答案。那時的你，一定比我更難過。」

有什麼樣的原因會讓原本無話不談的好友變得沉默寡言，再也不肯將秘密對他說出口？那時的他沒看見、忽略了這問題，所以才會變成這樣的結果。

波雨羽知道，扉空當初扔掉巧克力時心裡一定也不好過。

「這六年來，積了很多想告訴你的話，我不知道你現在是否還願意聽，但這句話我還是想告訴你……」

在一切變調之前，他曾經擁有的朋友。

「好久不見，能再次見到你真的是太開心了，科斯特。」

陽光將波雨羽的笑容映照得燦爛。

扉空忍住差點奪眶而出的熱液，用力點頭。

原來在他毫無注意的同時，那些失去的卻已悄然出現在他身後，等著他回頭。

「我在音樂行看見專輯的時候嚇了一跳，想說會不會看錯，但名字一樣，長相也只是變得成熟點，那時我才知道你當了歌手，而且還離開I市跑到A市去了。」走在下樓的樓梯，波雨羽邊回頭道。

「我有想過去A市找你，但是又怕你或許不想被以前的人所打擾，所以一直沒有實質上的行動，畢竟你現在是公眾身分，有很多事情也不是能像小時候那樣想到就直接去做。不過，可以在《創世記典》裡遇見你，或許真的能算是奇蹟了。」

「你什麼時候認出我的？」扉空忍不住問。

他真的很想知道這問題的答案。他完全看不出波雨羽就是東方禹，況且他又有冰晶族的外表偽裝，那麼波雨羽是怎麼看出他的？

若說長相相似，但他的髮色、服裝、種族就差不多蓋光光了，怎麼可能還能讓波雨羽認出來。但看波雨羽的態度，卻又像是已經發現事實許久。

波雨羽晃著手指，打趣道：「剛見面的時候我不是說過了？我看人的敏銳度是百分之兩百。」

扉空一愣，「所以你從一開始就知道是我了？」

波雨羽點頭。

扉空難以置信的繼續問：「但你怎麼能肯定『扉空』這個人就是『科斯特』？就算再怎麼會看人這也太……」

「每個人都有自己所看不清的細節，我只不過是看見那些細節而已。你一定不知道吧？你的眉頭只要一皺起來就會變成漢堡夾，要是有事情讓你不順心的話，左邊的臉頰就會鼓個０.３

公分，嘴角和眼角也會等比例垂下0.1公分，手也跟著握緊像是要打人樣。」

「我、我真的有這樣嗎？」

扉空訝異的摸著自己的臉和手，卻沒想到波雨羽噗嗤的笑出來，擺手道：「開玩笑的，這麼細節的東西我哪能看出來，你還是跟以前一樣很容易相信耶！」

扉空沉下臉，舉起拳頭，「你這傢伙！」

波雨羽趕緊舉掌接住扉空的拳頭，慌忙勸說：「啊啊、別生氣！開個小玩笑嘛，誰叫那麼久沒見，忍不住就想玩玩。」

「嘖。」打掉波雨羽的手，扉空不耐的瞪著他，「所以說，你到底是怎麼看出我的？」

「從來就沒有忘記，又怎麼會看不出你。」

沒想到波雨羽會如此回答，扉空沉默了。

認出他就是六年未見的朋友，沒有為什麼，就是本該如此。但是他卻什麼也沒能為波雨羽做到。

扉空淺吐氣，道：「本來只是大概，但如果是你，那麼這座公會在大家心中占著重要地位又如此團結的原因，也不是不能理解了。將公會變成一個大家庭，確實像是你的作風。」

「不是這樣的喔。」

「咦？」

梯口閃爍的七彩微光伴隨著音樂節奏規律晃閃，其中還夾著許多人的高歌談笑。

波雨羽回頭注視著扉空，認真道：「會將公會用家來稱呼，只是因為我希望如果真的有那麼一天，當你來到這座公會時，也許能感受到那一點點的溫暖，當成是我對你的補償。」

「這樣的話白羊之蹄……」

「只不過是我想再次見到你這個朋友的期望罷了。事實證明，《創世記典》真不愧是個號稱奇蹟連連的世界呢！」

創立公會，不過就是期待著有一天能夠有個與朋友相見的地方。

為了一個不知道能不能實現的希望，波雨羽還是建造了一個等待的地方。

突然之間，扉空對自己當初的選擇感到一絲的迷惘，他為了碧琳而離開了那個家、那座城市，卻沒想過有個人一直在等待他回去。他自認自己當初的選擇是正確，因為如此，碧琳才能擁有現在的治療。

但，他對波雨羽的不告而別，真的是對的嗎？

「我不知道你會為了我做這麼多。」

「有些事情並不是為了要讓對方知道才去做，而是在等待結果。」

「你根本就不確定能不能等到。」扉空舉手輕敲波雨羽的帽簷，小聲道：「真笨。」

「我知道我會等到。」

扉空愣住的樣子讓波雨羽忍不住伸手朝著那額上的花片彈了一指，看著扉空趕緊捂著額頭臉紅的樣子，笑了，「你的種族真的好有趣，可惜在我眼前的不是美女，不然小女生臉紅不知道該有多好。」

「我都不知道這幾年把你養成這種變態了。」扉空鞋頭朝前輕踢。

波雨羽也沒閃，用手掌去擋，一邊抱怨：「現在知道沒在身邊管教，朋友誤入歧途的感覺了吧。」

「說什麼胡話。」扉空手刀直劈帽頂。

波雨羽雙手交叉擋住攻擊，三隻手就這麼僵持在半空，數秒之後，兩人同時笑出聲。

波雨羽上跑了三階，手一轉，搭上扉空的肩膀。

「走吧！我已經等不及要將你介紹給其他『家人』了。」

「大家早就認識了，有必要再介紹一次嗎？」

「這不一樣，之前是新進會員，但現在可是我睽違六年重逢的好朋友。」

扉空還沒說出回話，就被波雨羽拉著手臂，三步併作兩步的下樓梯。

前方的背影，讓扉空一瞬間有種像是回到小時候的錯覺，只不過當初揹著書包的身影已經成長寬闊，不再是那個有勇無謀的小孩子，而是變成了很可靠的傢伙。

時間過得真的很快，察覺時早已過了六年。

——那麼那個人……這六年又是過著什麼樣的生活？

▲▲▲◎▼▼▼

半天前，波雨羽拉著扉空以久違重逢的友人身分重新介紹給所有公會員，除了所有人露出意外吃驚的表情，波雨羽更興致勃勃的說起以前兩人的相處糗事，若不是扉空搶先拖著波雨羽下臺，用退出公會作為威脅，波雨羽是很有可能把扉空的所有底都掀了。

到了夜晚，歡迎派對結束後，青玉和明姬領著扉空這群新會員來到公會宿舍的所在之處。荻莉麥亞由明姬領著前往女生宿舍，而剩下的人則是跟著青玉來到了男生宿舍的二樓分配房間。

宿舍的建築與公會大樓的風格沒差多少，一樣以白色水泥牆為主，屋頂則是綠色的斜頂磚瓦，兩邊還各有一座煙囪。

青玉解釋宿舍裡一樓的交誼大廳兩邊各有一座壁爐。

《創世記典》會因應現實的季節而變化，氣溫有好幾十度的上下差，冬天時期對於某些不耐冷的玩家是一大酷刑，所以他們公會才會特地選擇有壁爐的宿舍建築來興建。

大廳的地面鋪著幾乎覆蓋整地的暖色地毯，配上漂亮的花燈，看起來有種溫馨的感覺。以玻璃矮桌搭配兩張弧型沙發及兩張小矮座為一組，大廳裡共有五組家具分布放置。

一行人從樓梯上至二樓。

「每一位會員我們都會發配一間房間給他，我看一下……」青玉翻看手上的資料，一邊將刻印不同號碼的鑰匙依序分給扉空、伽米加，接著轉向枒木童子詢問：「枒木想要一個人一間，還是和座敷兩個人一起呢？」

「嗯，做姐姐的應該要隨時隨地看管弟弟才是，我和枒木兩個人一間就可以了。」搶在枒木童子回話前，座敷童子擅自決定結果。

男孩本來想反駁，卻被一個小巴掌直接捂住嘴。

座敷童子雙眼發光，背後染上黑沉的氣息盯著枒木童子，質問：「枒木你不喜歡嗎？終於想脫離姐姐邁向成人的邪惡世界了是嗎？嗯？」

「不，我絕對沒有……」枒木童子背脊發毛，拚命搖頭。看來對於晉升魔鬼等級的座敷童子，實在讓他很沒轍。

因此討論無用，兩人一房確立。

相較於像是用光整身力氣連腰桿都挺不直的枒木童子，座敷童子笑得燦爛，幾乎可以媲美太陽了。

「那麼青玉姐姐，請將鑰匙給我吧。」座敷童子笑咪咪的伸出手。

「對了，座敷是女生，是不是讓妳和杦木去女生宿舍比較好呢？」青玉提議。

旁邊的杦木童子用著淚汪汪的眼感激涕零的直望著青玉，但很可惜，下一秒就從天堂摔入地獄了。

「不，不用這麼麻煩，雖然有荻莉麥亞姐姐在，但要是讓杦木待在女生宿舍，我想對其他的大姐姐還是會有些麻煩與不方便，所以我和杦木一起待在男生宿舍就可以了。」眨眨無辜的眼，接手青玉拿著的鑰匙觀看，座敷童子指著前方的房間問：「那間是我們的房間，對嗎？」

「206。對，沒錯。」

「那我們就先進去房間看看囉！」拉著正在吐魂的杦木童子，座敷童子迫不及待的衝往自己的房間。

「座敷，房裡只有一張床，等一下我會請人再搬一張床過來，所以先別把自己的東西放在床鋪邊的空位喔。」

青玉才剛大喊完，就聽見房裡乒乒砰砰的聲音瞬間沉靜。房門板打開，座敷童子探出頭，表情尷尬的喊了聲「知道了」，接著門板又碰的合上，這次房裡沒有再傳出剛剛的混亂音效。

——居然真的馬上就開始裝飾自己的房間了。

雖然他們也不是不了解座敷童子的個性，但這動作之快可真是無人能及，可想而知若待會去參訪他們的房間，應該可以看見牆上和桌上都已經擺了一堆裝飾吧。

「好，然後是米加哥，你的房間是左邊這一間。」青玉轉身指向左前方的房間。

伽米加用鑰匙打開203號房，對走廊上的兩人揮手，「那我就先來看看哪兒可以放我的寶貝囉，等會兒見。」

在伽米加關上房門後，青玉指著靠近轉彎處的房間，向扉空說道：「201號房，這是扉空哥的房間。」

扉空看著手中的鑰匙，走上前將鑰匙插進鎖孔打開門，進入房裡。

房間很乾淨簡單，基本的配備一樣也沒少，有衣櫥、書桌、地毯、浴室、沙發座椅和小客廳桌，還有一張用看就知道一定很柔軟的床鋪。

窗簾是內含蕾絲的鵝黃暖色，天花板則有一盞玻璃的六花吊燈。

「扉空哥一樣可以自行裝飾房間，只要不是太超過的改裝，像是把牆壁鑿穿一個洞通到隔壁房，其他小小的傷害我們都可以接受，所以就算要掛畫也沒有問題。」

「我可以隨自己愛放什麼、愛貼什麼？」扉空四處觀察，好奇詢問。

「是的，房間分配給你就是你的了，看扉空哥要貼海報或多裝臺冷氣都沒問題，不過修裝費就必須自己負擔囉。」

扉空難得淺笑，「弄得好像現實生活的小套房。」

「雖然是線上遊戲，但許多人還是會追求與現實相符的生活品質，所以《創世記典》除了以冒險型武器、防具、藥水為主，也有冷氣、電視、電冰箱這一類的家具，不過這些仿現實的物品只能在中央城鎮或其他四座大陸的主城市專賣店才有販售。」青玉細心解釋。

「那個……冷氣我可以理解，但是電視能做什麼？這裡是線上遊戲吧？」

難不成這裡的電視還能接收現實世界的視訊，能搞個偶像劇直播來看看？扉空訝異的想。

「考量到一些想準時收看午夜電視劇，卻又想上線來玩遊戲的玩家，遊戲公司在改版之後特別推出此項服務，《創世記典》可以接收現實世界的視訊，每個月只要花費五十點數就可以使用電視的收看功能，但因為遊戲世界的時間與現實世界的比例是12：1，所以《創世記典》的電視劇需要等待一天的時間才能看到與現實播出的相同集數。」

「還有，因為電視不屬於遊戲內的基本配備，所以購買電視的玩家必須再多購買一個電視孔插座才能收線觀看影劇。」

五十點數可以邊玩遊戲邊看電視劇，不過需要一天的收訊等待期，雖然有點麻煩，但對於想跟網友一起聊天遊玩的玩家來說，或許是個足以接受的美好方案。

只不過冒險型的遊戲摻入現代化設備，對扉空來說卻是感覺怪異，但畢竟他也沒有使用的想法，就不多做評論了。

「不過我沒想到，扉空哥居然是會長的童年玩伴呢。」

「……我也很意外波雨羽會是認識的人。」

看著扉空正打開窗戶打量窗外環境，青玉識趣的說：「那麼扉空哥，之後有任何問題都可以來詢問我，或是你想要參觀看看別人的房間，水諸他跟你們也是同層樓，是210號房，之後要是我不在的時候遇到了問題，你可以去請教他。那我就不打擾扉空哥布置房間了，先告辭囉！」

青玉揮了揮手，正要轉身離開，扉空卻突然想起某件事情，趕緊叫住青玉。

「等一下。」

青玉回頭，詢問：「是的？」

只見扉空東摸西摸，像是突然想到什麼的樣子，叫出了面板點一下，一團粉紅色的物體出現在掌心，看起來像是一顆大型的棉花糖。

棉花糖突然抖動了幾下，兩隻短小的兔耳朵冒出，接著是睡眼惺忪的羊駝臉。

「啾……」粉色棉花糖東搖西晃的望向主人，隨後窩進扉空的懷裡舒服的蹭了蹭，一邊冒出小小的粉色愛心。

「好可愛喔！這是什麼？」青玉靠近觀察，好奇又驚喜的用手指輕戳棉花糖。觸感軟軟的又蓬鬆，指尖沾上了甜甜的香味，但是並沒有糖果溶化的黏膩感。

青玉想到了某個可能性，詢問：「該不會是那顆寵物蛋孵出來的？」

扉空點頭，解釋：「好像是在地牢的時候孵出來的，它為了要保護我，被炙殺弄傷了，大概是那時候自行回到寵物欄裡，我在剛剛才想起來還有這隻小傢伙。」

「扉空哥，你怎麼可以忘記自己的寵物呢？這樣不行啦！棉花糖會傷心哭哭喔！」青玉晃著手指，嘖嘖的搖頭，一副「這樣不行喔」的表情。

青玉伸出食指在棉花糖的鼻前搔了搔，棉花糖打了個噴嚏，接著嗅了嗅青玉的手指，先是遲疑猶豫，接著才親暱的蹭上去。本來冒著的粉紅小愛心變成了紅色，青玉用指腹搔搔棉花糖的身體，看著棉花糖扭動著轉了一圈，露出舒服的歡樂表情。

「我可能不太能當個好主人，所以……這個送給妳。」

「喔，好啊……」

數秒之後，逗著棉花糖的手指僵住，青玉睜大眼盯著扉空看，「等、等一下，扉空哥你說……要把這隻寵物送給我？」

「啾啾！」不知道主人目前正打算將它拱手送人，棉花糖望著停止動作的手指，用頭頂了頂，似乎在示意青玉繼續幫它搔肚皮。

「妳會是個好主人。」

青玉縮回手，擋在棉花糖前方，果斷拒絕：「不行不行，我不能收。」

「妳不喜歡？」

「棉花糖那麼可愛，我怎麼可能會不喜歡，只是我沒理由收下這份禮物。」

扉空沒想到青玉會拒絕，繼續勸：「就算沒理由還是可以收下，更何況這本來就是要送給妳的。」

「為什麼是『本來就是要送給我』？」青玉納悶的笑著提問。

本要回答，但想到這答案他並不想直接說出來，扉空抿著嘴，視線也不自覺瞟向旁邊。再次將棉花糖遞向前，扉空一味的說著那句：「總之送給妳。」

青玉對於扉空的行為很不解，她知道扉空一定有他自己的理由堅持要將這份禮物送給她，雖然她真心覺得這棉花糖如果讓她當寵物，往後的日子一定會更開心，但是……

雙手覆蓋在棉花糖的頭頂，青玉望著扉空，真誠且認真的一字一句輕聲道：「扉空哥，這禮物我不能收。」

扉空慌張的正要繼續勸，青玉卻搶在他之前繼續說：「扉空哥，我知道你對我很好，如果是像髮飾配件這類的小東西我會願意收下，但如果是寵物，我不能。這寵物是你花時間去培養孵出的，既然你得到了，就應該好好珍惜。」

「但妳喜歡。」

「因為它很可愛呀！」青玉笑著搖頭，「但不管你當初是如何得到了它，只要你還留著它，讓它孵化，那就代表你是喜歡它的。扉空哥，我不能拿走你喜歡的東西，你懂嗎？」

扉空沉默著，青玉握著他的手，語氣溫柔：「我知道扉空哥你懂的。雖然認識的時間不長，但我知道扉空哥對我很好，也因為如此，我更不能毫無顧忌的接受你的任何好意，我不能明知道東西的價值，還一直從別人那裡拚命拿取。」

發現扉空的表情出現失望，那副可憐的柴犬樣讓青玉慌忙安慰：「我覺得它很可愛、我喜歡它是一回事，況且我要忙公會的許多事情，養寵物的話或許會忽略它也不一定，我想扉空哥一定比我更適合當這隻寵物的主人。我有空的時候跑來找你，也可以跟寵物玩呀！」

既然青玉都講成這樣了，扉空知道就算他再怎麼勸，青玉也不會收下，只能悶悶的點頭，表示接受這提議。寵物由他來養，青玉想看的時候就來找他。

只不過這樣就跟他剛開始留下這隻寵物時的想法事與願違了。

「寵物的名字取了嗎？」

扉空搖頭，「還沒。」

「那你打算取什麼名字？」

因為中途發生了許多狀況，他來不及思考取名字這件事情。還有，他一開始就打算要送人，便沒取名字的打算了，結果現在寵物變成要待在他這裡，那就要取名字了吧，但他卻什麼想法也沒有。

「妳覺得什麼名字好？」扉空試探性的詢問。

青玉指著自己的鼻頭，「我嗎？如果是我的話，嗯，我想想喔……像是粉紅棉花糖、泡泡、或是……夢幻小娃娃之類的。」

果然是十六歲的女孩子會想到的，可愛又夢幻。但如果當這隻棉花糖的名字……

扉空低頭看著棉花糖，棉花糖也抬起那無辜的羊駝臉望著他。

「啾？」

雖然他這樣想好像挺不應該，但感覺如果真給棉花糖取了這些名字，好像挺可憐的。

「但，如果我真的有一隻寵物，先不管它的樣貌或體型，我可能都只會取……」青玉彈了下手指，俏皮的眨眨眼，「葛格。」

「哥哥！？」

「不是啦！是『葛格』，發音要正確喔。雖然意思跟哥哥也是一樣啦，不過葛格叫起來比較可愛，當寵物名才不會怪怪的。」

「為什麼妳想取這名字？」

「這個嘛……」掌心互靠，青玉不自覺的露出微笑，道：「我想，如果在遊戲裡也能有那個人的陪伴，一定會更好玩。可能是在現實世界裡我太常依賴他了，所以就算來到遊戲裡還是有些放不開。」

扉空知道青玉所指的是誰，與她所希望的寵物名相同的稱呼，她的兄長。

之前，他一直對自己為什麼那麼願意耐心傾聽青玉的話語感到莫名，但是在任務的那段路程，每每與青玉靠近總會有種心緒在他的胸口盤繞，他明確的知道自己並不是愛慕，更多的是如同兄長般的憐惜，在懸崖邊不由自主的救了她，看著那笨拙攀爬的背影，他就猜想也許這是老天安排的巧合，而之後的種種相處讓他更加確定那想法。

現實中願意讓他付出一切的女孩就在他面前。只是他不想就這樣直接戳破，算是一種調皮心態吧，想看見當青玉自己發現他是誰時露出的表情。

扉空手指若有似無的撫過桌面上的小檯燈。

「感覺起來那個人對妳來說很重要。」

「我想這輩子不會再有人比他更能讓我這樣惦記著。」

發現到自己似乎說了太多，青玉慌忙揮手，靦腆的趕緊轉話：「別、別說這個了。扉空哥要是房間有任何布置需要幫忙，都可以來公會大廳的三樓找我或是明姬姐、會長。那你慢慢布置，我先告辭了。」

還來不及多聊一些，青玉就紅著耳根跑出房間，雖然動作慌亂，但也不忘輕輕關上門。

坐往床鋪，扉空打開寵物面板，在名稱的欄位上填上了幾個字——「葛格」。

**『系統提示：寵物名稱【葛格】輸入完成。』**

獲得正式名稱的羊駝棉花糖「葛格」跳出扉空的掌心落在地，在房間裡當起毛球滾來滾去。

「既然她不收，跟著我就好好的別亂搗蛋。」扉空對著葛格輕喊了聲，葛格也啾的一聲跳了下作為回應。

往後躺倒在床鋪上，扉空注視著天花板的吊燈。

不是因為青玉剛剛所說的理由，而是個提示。

「碧琳，我找到了妳，那麼妳……也會看見我嗎？好想快點看到妳認出我的時候會露出什麼樣的表情，雖然有點壞心，但只此一次應該不為過吧……」

▶▶Loading...

## 第三伺服器

# 本已遺忘的人……

Create Dream Online

市區中央的南邊某條大道上，路頭與路尾皆用了禁止車輛通行的告示牌及警戒線隔出了一大段的空間，三臺攝影機搭配移動設備分別架設定位，一輛紅色跑車停在路邊待命準備。距離設備約五公尺處，五個臨時傘棚搭設而立。

傘棚底下，一群人正圍著討論待會要準備進行的工作事宜，其中也包括了坐在臨時座椅上閱讀劇本的薇薇安、科斯特，以及正與工作人員討論鏡頭動位的夜景項。

大群記者與圍觀群眾聚集在禁止通行告示牌的後方，手機與攝影機紛紛出動，大夥兒都想搶先一睹新片的拍攝作業與偶像手采，還有幾名綁著白色頭巾的男士集團舉著印有薇薇安頭像的扇子與「薇薇安．密索後援會」、「LOVE 薇薇安 1314」字句的布條，喊著「女神薇薇安加油！」的口號。

另一邊的女粉絲也不遑多讓，舉著「科斯特我愛你！」的字卡高聲加油。

科斯特合上劇本，在心中想像著故事場景進行的畫面，一邊與薇薇安相互對練劇本臺詞。今天要拍攝的是《月華夜》中情緒起伏較大的一場戲。

不良於行的夏月為了主角吉詠夜眼裡逐漸失去她身影，心繫著古代冬華而情起心急在路邊爭吵，進而差點發生車禍的場景。

石川來到傘棚下，但不是對著自己負責的藝人科斯特交代事項，反而是向坐在與科斯特用一張桌子隔開的薇薇安道：「薇薇安小姐，科斯特就麻煩您多多提點了。」

「石川，你在說什麼。」科斯特皺起眉。

石川笑了笑，「以演藝經驗來說，薇薇安小姐確實算是前輩了，尤其這又是你的第一齣作品，雖然戲劇已經開拍了三個禮拜，但你吃螺絲的次數也頗高，尤其今天又是這麼重要的一個場景，請薇薇安小姐多多幫忙是一定要的。」

雖然科斯特聽見這種話確實有些悶，但偏偏石川說的是實話，讓他怎麼也氣不出來，最後只能嘆氣。

「提點不敢說，但適時的推一把還可以，畢竟能和科斯特一起演出是我的榮幸。」薇薇安握著劇本，另一手握拳向下，做出打氣的手勢，肯定道：「科斯特，今天也請你多多指教了，我也會和你一起加油的！」

「……嗯，拜託了。」

科斯特並未將視線落在薇薇安身上，但願意如此回應也足以讓薇薇安心情愉快一整天。科斯特好像變了不少，那她是不是可以抱持著一點點的小期望，期望科斯特可以看見她更多更多？

「嗯！」薇薇安露出燦爛的笑容。

一名工作人員前來通知薇薇安與科斯特該前往定點準備了。

江陵金也在同時來到傘棚下，替薇薇安接下從她身上脫下的厚外套，整理好衣裝。

薇薇安今天是以夏月的扮相來進行演出，所以準備的服飾也以白色的及膝洋裝為主，搭配米黃針織罩衫以及平底鞋。妝容為淡妝，頭髮垂攏左側，並在髮尾用淡色髮圈稍加固定，右邊瀏海則有一蝴蝶細夾固定。

在現在這入冬時刻，薇薇安身穿夏季服飾，洋裝裙不遮腳、袖不遮臂，即使罩衫是長袖，但兩件衣服加起來也不夠保暖，不過薇薇安卻沒有任何抱怨或畏縮發抖的姿態，反而在走往定位的路上還朝著觀擁的人潮微笑揮手。

反觀飾演吉詠夜的科斯特則是穿著一身白底黑印的T恤，搭配深色牛仔褲及一雙運動鞋，外套紅色格子襯衫，已染黑的及肩頭髮則以半頭髮型綁起。

比起薇薇安，雖然一樣也是夏天裝扮，但科斯特的穿著明顯較為保暖。

「薇薇安小姐真是敬業呢！」石川放下從科斯特身上脫下的厚外套，拿起一旁吊晾著的襯衫替科斯特穿上，意味不明的嘆息。

「確實是。」科斯特真心道。

石川停下動作，不可置信的盯著科斯特瞧，推了下鏡框，道：「如果薇薇安小姐聽到這話一定會開心得不得了。」

「為什麼？」

「居然問為什麼……」石川笑著搖搖頭，替科斯特整好衣裝，拍了他的肩膀，「好了，好好加油，可別讓神秘嘉賓失望了。」

「什麼神秘嘉賓？有誰要來嗎？」科斯特困惑提問。

石川露出神秘的笑，晃著手指道：「說出來就不是神秘嘉賓啦！總之，好好跟大家合作，我相信你會學到許多東西。」

問不出所以然的科斯特皺著眉，想問卻沒時間再耗，沒辦法之下科斯特只好先將問題放在一旁，看了眼遠處差不多到定點的薇薇安，道：「……那我過去了。」

科斯特將劇本交給石川，朝著薇薇安所在的方向走去。

距離夜景項及監看螢幕所在的傘棚約十公尺遠的路口，薇薇安已坐在劇組準備的輪椅上。

「科斯特，薇薇安。」

夜景項來到兩人身旁，指著前方的紅色跑車，解說等一下開拍的流程及注意事項：「科斯特，你等一下就推著輪椅停在行人線這裡，等薇薇安說完『不用再說了，我知道你心裡已經沒有我了！』這句臺詞後，那輛紅色跑車會朝著你們的方向開過來，科斯特你轉身注意到跑車的時候表情先是錯愕，定位點大概後退三到五步的距離……」

夜景項指著地上的某個點，「差不多到這裡。科斯特，你不用太刻意去對點，攝影機會去捕捉畫面，放開來演就行了。等一下我們先拍攝側面及車內景象的取景，所以車子會停在你面前。接著下一個拍攝的則是你往薇薇安的方向跳開跑車撞擊點的畫面，所以車子並不會停下，這樣 OK 嗎？」

「我知道了。」科斯特點頭表示了解。

「我也沒問題。」薇薇安微笑道。

「好。」夜景項看著科斯特，提點：「科斯特，這場戲比較危險，我們一旁所有的人員都會注意著，但你自己也要小心一點。」

工作時的夜景項不比平時，雖然一樣掛著似笑非笑的表情，但卻可以感覺到本人身帶嚴肅氣氛。

如果剛見面時夜景項不是一雙眼盯著他胡亂瞧，讓他感覺全身發毛，那他也許不會對夜景項這麼反感，畢竟就工作時候來說，夜景項雖然大體隨和，但對小細節卻很嚴謹。科斯特在心裡默默想。

夜景項回到監看螢幕前，轉調各個攝影機監看架設點有無偏漏，接著拿起擴音器道：「B號攝影機鏡頭角度往右一公分，左下移三十度角……好！就是這個點，等等注意別偏了。」

「是！」站在腳架後方的攝影師朝著夜景項豎起拇指，表示絕對不會有偏鏡的情況發生。

「路人和車輛定位，十秒後準備開拍。」

四名工作人員站在隔開群眾的警戒線前，接到耳麥傳來的準備指示，趕緊呼籲：「圍觀的各位和媒體們，現在準備要開拍了，請保持安靜，別干擾拍攝作業。」

媒體記者關掉閃光燈，而舉著偶像字牌的人群則是服從指示靜止音量，用著唇型繼續無聲喊著：「加油！」

大家都不想看到自己支持的偶像因為自己的失態而導致工作白費的結果。

妝型助理幫薇薇安將被風吹亂的瀏海撥好後，趕緊退開到工作人員區。

薇薇安抬頭，看著正在深呼吸的科斯特，輕喊：「科斯特，你在緊張嗎？」

科斯特一愣，隨後不自在的拉了下衣襬，「有一點。」

「大家都會幫忙注意車子狀況，我也會幫你注意，有我在，別擔心。」薇薇安輕聲安撫。

她知道第一次拍攝這種撞車戲碼的人多少都會有些緊張，畢竟車子無眼，有時候也不知道會不會脫軌演出，就算是平時看起來冷靜的科斯特也會擔心。

「那就麻煩妳了。」科斯特點了點頭。

「好的，請放心交給我，我臺詞說完後眨眼，科斯特你就轉身動作，這樣就行了。」薇薇安微笑道。

「嗯。」

薇薇安就像個好前輩般的細心教導，沒有任何跋扈不耐。其實自從拍攝以來，科斯特有時也不免心想，自己平時是不是對這女孩太苛刻了。

「準備，五、四、三——」

「加油呦，科斯特。」薇薇安不明顯的握拳，小聲道。

「妳也是。」

聽見科斯特的回答，薇薇安輕輕的笑著點頭，然後閉上眼睛。在夜景項的倒數聲完畢，喊下「Action！」的同時，她雙眼一張，剛才的笑意頓時轉為淡淡的落寞哀愁。

科斯特按照指示推著薇薇安坐著的輪椅走往路口。

薇薇安張嘴，說出屬於夏月的臺詞：「夜，你今天怎麼會特地帶我出來？」

科斯特腳步頓停，繞過輪椅來到薇薇安的面前，傾身幫她將蓋腿的毛毯拉好，輕聲帶過道：「妳待在醫院太久，應該出來走走。」

抬眼對上薇薇安那雙與剛剛情緒截然不同的眼，科斯特不著痕跡的吞下口水，壓下被薇薇安的轉變震懾的情緒，認真對抗。

薇薇安確實是個令人佩服的演員。

「既然如此，你怎麼不多來看我？最近很忙嗎？」夏月輕聲詢問。

吉詠夜一愣，像是在掩飾般的撇開眼，「是忙了些。」

「是嗎？我以為你找到比我更好的女生了，忙著和她約會呢。」

褪下一瞬間的僵硬，吉詠夜的語氣出現不穩：「別說胡話。」

夏月嘴角微揚，一個輕微弧度，卻帶出與笑意截然不同的情緒，是惆悵與開始萌芽的忌妒，而這樣的表情也讓吉詠夜瞬間感覺像是被扯住呼吸般的動彈不得。

「和一開始差很多呢，薇薇安真不愧是經驗豐富，用眼神在引導科斯特的表情。」坐在夜景項旁邊的助導小姐稱讚著。

夜景項屏氣凝神的注視螢幕上的影像，半秒都不敢眨，就怕漏掉哪個不妥細節。

螢幕裡——

夏月淺淺的瞥望旁邊，若有似無的嘆息：「真難得，冬天居然還能開著。」

吉詠夜順著她的視線望去，路旁正盛開著一朵紫色的小花。

「冬天的花……」

「比起夏天的一輪明月，在寒冷冬季盛開的花卻更為珍貴，對吧？」

明是無意的訴說，卻帶著尖銳的質詢。

吉詠夜沉默不作聲，這讓夏月肯定了自己的猜想，她所愛的男人心裡已經藏了別道身影。

她不想自己成為扭曲的符咒，卻又無可奈何，抑制不住心頭的哽噎，長久以來的不能行走壓垮了她的意志，令她不得不急切的喊住這一直以來陪伴在她身邊的男子。

夏月掐著毯被，顫抖的問：「冬華，已經比夏月還要重要了嗎？」

憤恨與不甘，泫然欲泣，那樣的表情讓吉詠夜幾乎忘記了心脈的跳動。

有那麼一瞬間，碧琳的面孔竟搭上了那張質詢的臉，科斯特知道自己的徘徊不定——呆愣、思考著什麼難以抉擇問題的表情盡錄進攝影機裡。

「我並、並沒有……」科斯特遲疑的否決，帶著不知如何是好的逃避。

「不用再說了，我知道你心裡已經沒有我了！」

薇薇安突然的厲聲大喊讓科斯特嚇了一跳，混亂的思緒瞬間被打散回現實。

引擎伴隨著車輪摩擦柏油路的聲音入耳，但科斯特似乎還在恍神，薇薇安趕緊小聲提醒喊道：「科斯特！」

科斯特轉身望向引擎聲傳來的方向，快速逼近的車輛距離逐漸縮短，最後一個緊急煞車，在科斯特膝前不到十公分的地方停了下來。

科斯特凌亂的後退幾步，最後跌坐在地，臉上帶著驚魂未定的表情。

「很好，這個表情很棒！」夜景項朝膝蓋拍了掌，讚賞科斯特的到位情緒，幾秒之後視線移開螢幕，落在跑車的所在之地，科斯特並沒有站起身。

心感不妙的夜景項趕緊和助導、幾名工作人員上前察看，在休息區的石川也發現異狀，和江陵金一起前去。

只見薇薇安蹲在科斯特身旁，而科斯特則是直直的瞪著前方的車頭。

「受傷了嗎？」石川蹲下探看科斯特身上是否有傷痕。

「不，科斯特好像是被嚇到了，練習的時候我沒跟他說好最後那一句話的呈現方式……」薇薇安雙掌合十，緊閉眼道：「對不起，科斯特，我應該先跟你說好的，讓你嚇到了，真的很抱歉！」

「科斯特，還好吧？」石川將科斯特從地上扶起，看對方的視線還盯著跑車，沒辦法之下他只能朝科斯特的背拍了兩掌，好在這兩掌的力道讓科斯特回過神。

科斯特看著圍觀的人群、一臉擔心的經紀人、還有說著「對不起」的薇薇安，終於喘出卡在胸口的悶氣，朝向夜景項道歉：「抱歉，我剛剛沒反應過來，請再給我一次機會。」

聽到這句話，不只石川，就連夜景項也露出訝異的表情。

從科斯特出道到現在，一路看著科斯特走來的石川知道對方不善與人接觸交流，即使之前拍攝有任何不妥之處也只是沉默著由他來述說，更別說親自言謝或是這樣放軟身段的道歉。

「導演，是我沒先和科斯特套好演出的呈現，才會讓他被嚇到、反應不及。對不起，請再給我們一次機會。」

薇薇安彎腰請求，將原本屬於科斯特的過錯一起攬在自己身上，這樣的舉動也讓科斯特心生意外。

江陵金和石川互看了眼，依序對著夜景項道：「夜導演，還請您再給一次機會。」

四個人在眼前低聲拜託，夜景項搔了搔頭，鬆口道：「其實剛剛那一幕的表情恰到好處，並沒有需要重拍的打算。」

科斯特抬起頭，只見夜景項拿著劇本敲了敲自己的肩頭，坦然道：「你們也太緊張了，都合作三個禮拜了，還把我當成那種嚴肅的大導演嗎？一次出錯就會要了命是不是？雖然能完美無瑕不浪費底片是最好，但是弄得演員神經緊繃可不是我的作風。」

夜景項朝著科斯特上下看了眼，詢問：「沒哪裡受傷吧？」

科斯特一愣，拍掉手掌的沙土，點頭道：「嗯。」

「那就好，人沒受傷才是最重要。」說完，夜景項轉向薇薇安，繼續說：「薇薇安，狀況還可以嗎？」

「嗯，我沒問題，可以繼續。」薇薇安認真道。

夜景項點頭，向兩名經紀人保證：「放心吧，我不會太刁難你們家的藝人。」

「如果是夜導演，我們當然放心。那麼科斯特還請您多多照顧了。」

「薇薇安也請夜導演多多提點。」

接受託付，夜景項請石川和江陵金回休息棚，順道交代科斯特和薇薇安接下來拍攝的景幕後，便回到了導演區坐鎮。

「那麼十秒後繼續，從第十景三十一幕開始。」夜景項的聲音透過擴音器傳來。

科斯特背對自己的身影傳來了小聲的話語，薇薇安鬆了口氣，不自覺的露出幸福的微笑。

「……謝謝。」

「不客氣，那麼我們繼續加油吧！」

科斯特轉身面對坐回輪椅上的薇薇安，主動幫她將腳前的毯子拉好。

「從『不用再說了，我知道你心裡已經沒有我了！』這句臺詞開始。科斯特，這次你要往我這邊直接跳開車子，所以不可以恍神喔。」

面對薇薇安的認真提醒，科斯特認真回答：「我知道，我會專心的。」

這次他要是再分心可就真的會有危險，說什麼也不能再恍神！

科斯特拍拍臉頰，將腦中的混亂拋除，深吸口氣讓自己的心神冷靜下來。耳邊傳來擴音器的倒數聲，還有粉絲因為剛剛的騷動而驚擾的交談，工作人員告誡壓低音量的聲音。

低聲的加油、無數的支持，爾後逐漸沉默，在寂靜之中，一道清晰的喊聲穿透夜景項的倒數傳入耳膜。

「科斯特！」

回憶中已逐漸變成陌生的聲音讓胸口的地方倏然顫動，科斯特緩慢的望向圍觀群眾所在的方向，在警戒線的後方，他看見了那張一直想拋進心裡封藏起來的面容。

難以置信的衝擊讓科斯特差點無法呼吸，狂跳的心聲大到掩蓋聽覺。

——本以為已經逃脫，為什麼現在那個人又會出現在這裡？

——我、我得逃才行，不能，被抓回去。不能讓我和碧琳好不容易獲得的平和生活再次崩毀，我……必須……

一道衝擊突然從旁而來將科斯特撞倒在地，混亂的思緒被迫終止，紅色跑車也在同時從兩人腳邊飛馳而過，煞車聲如同利刃般的尖銳。

吵雜的聲音越來越接近，當科斯特回過神，才發現自己偏離了原本的定位坐在馬路上，而薇薇安正整個人抱在他身上。

若不是薇薇安及時將科斯特推開，就差那麼一點，科斯特就會被車子撞倒。

「我……」

——剛剛我又恍神了？

——不，那不是恍神，而是……

科斯特跌跌撞撞的從地上站起，薇薇安也跟著起身，緊張的詢問：「科斯特你沒事吧？有沒有哪裡受傷？都、都還好嗎？」

但科斯特並沒有回答薇薇安的詢問，只是瞪向騷動的人群處，隨即撇開視線走上人行道。

——就像是要逃離什麼東西一樣。

薇薇安被自己的想法嚇到了。她不了解科斯特想要逃離什麼，難道那些人裡有他討厭的人在嗎？

「科斯特，你沒事吧！？」

科斯特連夜景項都不理會，逕自朝著與圍觀群眾的反方向離去。

「科斯特！你要去哪！」夜景項開口喊道。

「夜導演，請您在這裡稍等候，我跟上去看看。」

石川交代完，馬上跑到科斯特面前攔住那急欲離去的腳步，好聲問：「科斯特，你要去哪裡？拍攝作業還沒完成，你不會要扔下工作不管吧？還是剛剛你傷到哪裡了？如果你需要休息，我馬上幫你跟夜導演說明……」

「那個人……為什麼要出現……」

「科斯特，你有在聽我說話嗎？」石川加大音量。

突然，手臂被科斯特抓住，石川看見對方眼中的畏懼，聽見科斯特著急喊著：「不能讓他找到，我不能讓他找到碧琳！」

「你在說什麼？科斯特，你別急，好好說清楚，有什麼事情我都會幫你。」

「那個人……那個人追到這裡來了……」

「科斯特！」

後方傳來的著急喊聲讓科斯特瞬間緊繃，他推開石川就想跑走……

「科斯特，給我站住！這是你對待你父親的方式嗎！」

如同魔咒般的話語拉住想走的步伐。

遠處觀望的人投來注目。

薇薇安在江陵金的扶持下走上人行道，擔心的望向科斯特所在的方向。

站在科斯特身後的是一名披著舊大衣，看似憔悴的中年男子。那個人自稱是科斯特的父親，但，科斯特的表情怎樣也看不出欣喜。

就算薇薇安不了解科斯特的身家處境，她也能感覺得出來科斯特不喜歡那個人。

不，應該說……像是在怕他，因為當她將恍神的科斯特推離車子的路徑時，她的指尖感覺到的是……從科斯特身上傳來的發抖。

「父親？」

幾乎是咬牙吐出的語氣，科斯特面容扭曲的轉身回吼：「你有什麼資格說出這句話！」

失控的怒氣瞬間爆發，不只其他人，就連石川也被嚇到了。

眼前的臉龐，是科斯特這輩子最不想見的。

他不願承認這個人曾經讓他有過「尊敬」的憧憬，他不願回想起他曾經多麼期待能夠爬上那道背影讓對方揹著前行的時光。

當這個人用「失去」當作藉口，將自身無法擔下的苦痛加諸在他們兄妹身上時，「父親」這個稱號，他就沒有資格擔當了。

亞密表情複雜的望著科斯特——他那離家六年的兒子，手指不安的摩娑，放輕語調：「科斯特，我很想你們。」

科斯特死瞪著亞密。

對方樣貌落魄狼狽，曾經的丰采被歲月磨去許多，或許其他人會心感同情，但他不會。你怎麼能要求他對一名他恨到極點的人心生同情？

亞密的話語，就像毒刺般狠狠扎進科斯特的心胸，在科斯特耳裡，那些話語就像是諷刺。

「我剛剛、只是有點急，所以才會……」亞密眼神飄移，像是在找尋適當的詞彙來組成一串句子，停停頓頓的說著：「科斯特、你……你和碧琳，可以回家嗎？讓、讓我來……照顧你們……」

「你現在的工作不是那麼的適合你，而且你的學業也還沒完成，也許……我想也許我們可以重新開始。」亞密舔了下乾澀的嘴唇，努力找尋適當的話語：「雖然公司沒了，但我想只要我們一家人在一起，一定……」

「一定什麼？一定會幸福美滿，就算沒有媽媽在也沒關係，你想說的是這個嗎？」科斯特忍住心中翻騰湧現的悲傷情緒，苦笑著說：「你到底有沒有認真的想過為什麼我會帶碧琳離開那個家？」

緊握拳，科斯特咬牙吼道：「就是因為我不想再與你有任何接觸，我無法承擔你拋棄下來那份重到我和碧琳都無法扛起的痛苦！」

「我、我知道……是我不好，但那時我也不願意……」

摯愛之人的離去，每每想起那失去的時刻，徘徊在心宛如刨割般的痛楚讓他無法用心去思考對待身旁的事情和家人，看見自己孩子眼裡的膽怯與害怕，看見那張與死去妻子越發相似的臉龐，他越想越痛啊！

「你不願意，那麼我們就必須替你承擔那份痛苦嗎？你以為我和碧琳就不傷心、不難過嗎！就算那時的我們還是小孩子，但我們知道失去了媽媽，我們只剩下你可以依靠，我們把你當成我們的全部，但你又是怎麼樣的對待我們！」

拍打心胸的嘶吼是當初難以忘卻，名為「背叛」的痛苦，痛徹心扉。

「我會補償過去我所做的一切，請你和碧琳回家來，好嗎？」亞密放軟身段懇求。

「家？」像是聽見什麼笑話般，科斯特低低的笑了，望著那陪伴自己度過童年的臉龐，他搖頭，「我們還有家嗎？那已經被你親手毀了，你不知道嗎？」

那時的他，不停的期望這個人能變回曾經的好父親，但這個人卻一直踐踏他的期望。

「科斯特，你可以恨我，但你不能連你媽媽都不見吧？」無法用歉意勸回離家的孩子，亞密只能轉向別種方式繼續勸訴：「你和碧琳離家六年了，這段時間我真的有想過自己的過錯，如果可以重回過往，打死我也絕對不會再做出那些事情，至少回去看看你媽媽吧。而且……」

亞密望了眼遠處被工作人員遮擋住的媒體，低聲道：「你現在的工作很不方便，如果他們知道你離家的事，會對你的形象……」

「前面說那麼多，原來是想要說這個。」科斯特忍住翻騰滾湧的情緒，吞下喉頭的酸澀，笑道：「你並不是真的想要我們回家吧，是因為公司沒了才來找我們，我知道你想要什麼……我給你。」

科斯特咬牙，轉身朝休息區的方向快步走去。

「科斯特，你要去哪？」石川看了眼躊躇不安的亞密，趕緊一路追隨科斯特，但不論他如何喊，就是無法制止科斯特的腳步。

薇薇安在科斯特經過面前時本想關心，但卻被對方身上散發出的冷意懾住了，手指連碰觸都沒有，只能僵著看那衣襬掃過。

夜景項才剛想將手搭上科斯特的肩詢問，卻馬上被對方用力的揮開。大到連手掌都發麻的力道讓夜景項皺起眉。

這還是他第一次看見科斯特這樣毫無理性的樣子。

科斯特穿越人群來到休息座，抓起背包一古腦的倒出所有東西瘋狂翻找，在凌亂散落的物品裡，科斯特看見一個褐色物。

死緊的掐著皮夾，科斯特抓起背包揹上，左右瞧看著，在看見自己想找的目標後便直朝對街狂奔而去。

來不及攔住科斯特的石川在發覺人群的騷動後，趕緊下指示：「快點攔住記者！」

收到石川的指示，隸屬菲爾特的保鑣趕緊和在場工作人員圍成一道人牆阻止媒體的拍攝。

▲▲▲◎▼▼▼

每一個腳步都是靠著毅力在支撐，每走一步就越發絕望，心中的疼痛不僅未止，反而越來越深、越來越痛。

走進銀行的提款間，科斯特想將提款卡從皮夾裡拿出，卻因為手指的顫抖而拿了好幾次才成功，將提款卡放進提款機裡，立體服務人員的投影從機臺上冒出，說著輸入帳號密碼以及提款金額的指示。

指尖瘋狂的按著那些英數按鈕，聽著那些鈔票在機器裡一張張「啪啪」跑動的聲音，一疊厚鈔從出鈔口跑出，科斯特大力的抓出鈔票，又再重複一次輸入的動作，一連好幾次不停提領著上限金額，連自己的意志都快承受不了——

重重一拳搥打在機臺上，科斯特跪倒在地上，一滴滴的水從眼眶滾落。

他不知道自己到底為什麼會變成現在這樣，他要的真的很簡單，是一個就算是失去母親也能好好的跟妹妹、父親生活在一起，笑著過生活的平凡家庭。

就算站在母親的墳前，也能誠實認真的跟著她說：「我現在過得很好，請您別擔心。」

他要的，就是這麼簡單。但是為什麼卻是這樣的難以得到？

頹廢憔悴的父親出現在他面前，而他現在卻想用錢來解決過往的一切，他到底……在做些什麼……到底在做些什麼啊！

出鈔口傳來鈔票輸出的聲音，咬著牙，科斯特粗魯的抹掉淚水，抓著機器讓自己能夠撐著站起。

「我不能再讓碧琳受到任何傷害，一點點都不行！」

拿起鈔票疊上，科斯特從提款機金屬板上的倒影看見一臉悲哀的自己，他什麼都改變不了，只能麻木的一次又一次提領著錢，直到戶頭裡的金額幾乎歸零。

科斯特回到亞密面前，一路跟隨的石川卻是很不安。

雖然他沒資格插手科斯特的家務事，但他並不覺得科斯特的決定是最好的選擇。他在銀行外看見了科斯特的激烈舉動，知道科斯特提領了戶頭裡所有的金錢，也知道科斯特想用錢來解決一切，將重新出現的人趕出他的視線，在碧琳發現之前。

與其說是科斯特執著，不如說他傻，傻在他為了碧琳可以付出所有，即便自己會再次受到傷害。

細微的聲響從背後傳來，石川回頭望去。

牆邊，一名坐在輪椅上、由身著白衣的護理人員推著前行的少女正停在警戒線前端。石川看了眼科斯特，趕緊上前讓阻擋的保鏢放行。

得以進入工作區域的碧琳也看見了科斯特此刻所做的舉動。

科斯特從背包裡拿出一整疊的厚鈔。

「這是我所有的了，我相信這些錢足以讓你過上一段無憂無惱的日子，如果好好使用，說不定能把公司賺回來。我知道你要的是什麼，你要的從來就不是我們。」吞下苦澀，科斯特舉著鈔票遞在亞密面前，不去看對方的表情，咬牙低喊：「拿著這些錢，滾出我的生活，永遠永遠都不要再出現在——」

「哥哥，你在做什麼？」

從背後傳來的聲音讓科斯特高舉鈔票的手僵在半空。

科斯特沒勇氣回過頭。他所做的一切就是為了阻止亞密與碧琳見面，但為什麼現在碧琳卻出現在這裡？而且還讓她看見他想用錢打發亞密離開……

「哥哥，把那些錢放下。」

碧琳輕聲述說，卻帶著沉重的命令。

見科斯特毫無動靜，碧琳向推著輪椅的女子說了幾句，女子點頭退到一旁，而碧琳則是抓著輪椅的雙輪將自己推動到科斯特身邊。

碧琳伸起雙手握住科斯特的手臂，將之拉下，拘過他手中的鈔票緊緊握著。

「碧琳，妳、妳的腳……」

面露錯愕的男子，使記憶中早已變得模糊的臉龐逐漸清晰，過往的回憶一瞬間在碧琳的腦海湧現。

科斯特垂在身側的手緊握拳頭，用力到手指都泛起白。

碧琳垂下眼眸，牽住科斯特的手。

她想，哥哥現在心裡一定也和她一樣吧，想起了許多許多的事情。

碧琳將鈔票放在腿上，用另一隻手摸著自己毫無感覺的膝蓋，「嗯，等到發現的時候就已經變成這樣了。」

一句話輕輕帶過，就像說的並不是自己。

「很抱歉，這些錢不能給您，因為這是哥哥辛辛苦苦好不容易才賺來的，賠上了睡眠、賠上了娛樂的時間、賠上了許許多多，所以請您諒解。」

亞密急切的反駁：「我一開始就沒有想要拿這些錢！我只是、只是想要和你們重新開始，讓我們一起重新生活，一家人在一起！碧琳，妳一定懂的，我想照顧你們。」

亞密蹲下身，握住了碧琳的手，但他卻沒想到那蒼白的手指竟是如此的瘦弱，幾乎摸得到骨頭。

碧琳從那長滿繭心的雙掌裡抽回手。

「我不懂。」

碧琳將注視著亞密的雙眼朝旁撇開，轉而抬頭望著科斯特。

瀏海蓋住低垂著的臉，別人看不見，但她能看見科斯特令人心疼的表情——宛如哭泣般的模樣。

她不知道自己是不是真的想要回去，也已經無法體會她對亞密是存著何種感覺，雖然有時真的曾經想過如果父親變好的話，也許他們可以再重新當起一家人，哥哥不用再獨自一人撐起一切。但現在看見科斯特那樣痛苦的樣子，她不敢再有那種想法了。

「我只知道如果您真的為了我們好，真的想把我們當成家人愛著我們……那就請您別再傷害哥哥了，我們並沒有不論您如何傷害都不會感到疼痛的心。」

哥哥不願意，那麼她也不會回去。這個為了她而失去許多的兄長，她不能再讓他受到任何一絲傷害。

亞密從沒想過有那麼一天，這樣子的話語會從自己的孩子嘴裡說出。他不知道自己竟然在無意間將他們傷得如此深。在科斯特和碧琳離家出走後，他才發現原本充滿歡笑的家庭被他弄得支離破碎，連公司都因為經營不善而破產，什麼都不剩，什麼都留不下來。

直到一年前，他好不容易才在街上的海報看見他離家的兒子，他發現科斯特有了新的生活，也發覺自己曾經做了多少錯事。

因為失去摯愛，所以他用了錯誤的方式去留住愛。

他很想找回科斯特和碧琳，卻害怕與他們相見的那一刻，但為了不讓自己毫無見面的資格，他從渾渾噩噩的生活重新站起，在便利商店裡打工賺錢，至少他有個理由證明自己足以照顧孩子，可以祈禱三人再重新開始。

今日才好不容易鼓起勇氣來見他們，可是……

不願注視他的兩兄妹，讓亞密知道自己已經無法挽回什麼。

碧琳和科斯特緊緊的牽握著手。

——這兩個孩子，這六年就是這樣走來。縱使辛苦，卻還是寧願選擇這樣的道路。

——也是，如果有個不停的對自己鑄下傷害的父親，這樣的生活反而更好吧。

亞密閉上眼，緩慢的站起。

「若是打擾到你們，我很抱歉，我來到這裡沒有別的意思，真的只是希望我們一家人可以重新在一起，讓我能好好彌補你們，但也許很多事情……已經沒辦法再重新開始了，對吧？」

科斯特沒有回答，但緊咬著嘴唇和縮緊的指尖卻能看出他心裡並不是毫無波動。

「碧琳，妳的腳……是因為我嗎？」

問話讓碧琳抬眼，她認真的注視眼前的人，被歲月烙下刻痕的雙眼映著疲憊，沒有以前那樣令她畏懼的感覺。

這問題，她又該如何回答？而回答了又有什麼意義？

碧琳沉默的移開了眼。

看見孩子的動作，亞密也知道碧琳的回答了。

「妳跟妳媽媽一樣，很替人著想。」

停佇在跟前的腳轉步離去。

碧琳猶豫的重新望去。那逐漸遠去的背影竟讓她覺得有些鼻酸，因為那個人背後所扛的已經不是悲傷與憤恨，而是孤單與寂寞。

腿上的鈔票很重，夾雜著兄長一直以來的悲傷與疼痛，只是她想不到的是，科斯特竟然會用這種方式來保護她。

「哥哥，跟我過來一下。」

輪椅停在某座傘棚下，用著不太靈活的動作轉回，碧琳面對沉默不語的科斯特。

「哥哥。」

「我並不認為我有做錯。」

「我知道哥哥今天是為了我才這麼做的，但是，這是不可以的。」

「為什麼不可以？那個人需要的從來就不是我們，給他想要的，只要他別再來打擾我們的生活。」

只要能確實的打發亞密走，不管他是不是真要錢，還是真心想要一家團圓，都無所謂。

碧琳扶著椅輪靠近科斯特，讓自己與他的距離只剩下短短的幾公分，碧琳牽起科斯特的手，將錢放在科斯特的掌心上，一疊一疊的疊上。

「這些，是哥哥辛苦換取而來的，所以不可以。」

「我無所謂。」

「但是我在意！」

科斯特沉默著。

碧琳逐漸將掌心的重量加疊，回憶著訴說：「我記得剛到這座城市的時候，哥哥為了讓我有張床可以休息，在我醒著的時候你陪在我身邊，但在我睡著後你就自己一個人出去賺錢，對吧？就算護士完全沒給過你好臉色，只要我燒退了，你就會對我笑。」

碧琳垂下眼，「誰說小孩子的記憶力不好？偏偏我就記得到這座城市後發生的每一件事情，我們在屋簷下躲雨被趕的事情、把公園當成睡覺的地方遇到那些好心的伯伯阿姨時、我又發燒只能住院治療時哥哥去工作的時候、哥哥累到在床邊睡著的時候、我們把病床當成家一起吃飯的時候……哥哥你從來就只記得我、替我想，但我記得的卻是哥哥你連吃飯時間都省下的辛苦工作著，這六年來，我一刻都未曾忘記過。」

「這些東西不能給，因為這上面全是哥哥用疲累和辛酸所換來的，我知道哥哥在工作的時候一定曾經遇到過刁難與困難，但哥哥你什麼都沒說，在面對我時一定是笑容面對，不曾向我喊過苦，正因為這樣……正因為這樣……」

連聲音都變得難以發出，想忍都無法忍住的淚水從碧琳臉上稀里嘩啦的落下。明明她一直告誡自己絕對不可以在兄長面前露出這樣難看的表情的，卻還是無法忍住。

碧琳大力吸著鼻子，哭著說：「所以不能就這樣……我不能讓你為了我再失去任何一樣東西……」

他想保護她，但是她也想護著他啊！

每次看著兄長為她失去一樣又一樣的東西，但她卻連用健康來當成禮物回報都無法，她知道兄長如果真說出那樣絕情的話語，將這些錢用來當成斷絕血緣關係的交易，那麼兄長心裡的傷一定會無法抹滅、無法痊癒。

她怎麼能讓他為了她再更痛、更傷！

科斯特垂下眼，像是在思考咀嚼碧琳所說的話語。

隨後，他看見那掛在少女鼻子上的鼻水，二話不說直接拿起桌上的衛生紙幫碧琳擦眼淚、擤鼻子，然後發出氣音式的笑聲。

「小心鼻水吞回去，擤出來。」

「你還說……擤——」

幫碧琳把鼻水眼淚都擦乾淨，那紅通通的雙眼讓科斯特又再次忍不住笑著搖頭。

「不要笑，你根本沒在認真聽我說話。」碧琳有些生氣。剛剛自己說著想著都哭了，結果當事人居然還笑得出來。

「因為這是妳第一次當著我的面哭得這麼難看，比起什麼疼痛都忍著不說的表情，這樣可愛多了。」科斯特將鈔票收回背包裡，伸出手。

碧琳看了好一會兒才會意過來，雙手握上科斯特的手。

「我知道妳想說什麼，但我也想讓妳知道，妳對我同樣重要。」

簡短的一句話就足以代表一切。

這是科斯特第一次聽見碧琳對自己說那麼多心底話，相同的，不管要他說多少次都沒關係，只要能將他心裡那份同樣等值的心意讓她明白，那麼一切都值得。

碧琳緊緊握住科斯特的手，靠在自己的臉頰。

「我知道，我全都知道……但是哥哥，今天這種事情我不想再看見你做出第二遍，就算是為了我也不行。」

「……」

「因為我不想再看見你那麼傷心的樣子了。」

科斯特在她心中一直是很堅強的人，但如今，堅強的人卻哭了。

科斯特當然知道碧琳的想法，但是亞密就這樣走了，他真的無法猜測出他今天出現在這裡的原由是真心還是假意，他很擔心之後亞密還會再來打擾他們的生活。

「哥哥。」

聽見催促，無奈之下科斯特只能先點頭，保證之後絕對不會再如此衝動行事。果不其然，碧琳馬上從哭臉變笑臉。

——果然，對她就是無法堅持，只能馬上繳械投降。

科斯特在心裡暗暗嘆息，隨後拿起披在椅背上的厚外套幫碧琳披上穿好。

「我有穿外套……」碧琳摸著把自己包成像雪球般圓滾滾的羽絨衣，阻止科斯特將拉鍊拉上，「而且這件是哥哥的外套吧？給我穿了這件，那哥哥你要穿什麼？」

「車裡還有一件。」

「說謊，你才不可能多帶一件外套。」碧琳嘟嘴直接戳破科斯特直白的謊話。

不理會碧琳的拒絕，科斯特逕自將拉鍊拉上，摸著碧琳的額頭。

其實剛剛他就發現到碧琳的手指很冰冷，但是臉色卻有些不自然的紅潤，現在這樣一探，雖然還不到燙手，但確實比平常溫度高了些，穿保暖一點總是對的。況且……

「妳怎麼會到這裡來？」科斯特皺眉詢問。

「不小心散步散到這裡來。」

看見科斯特將雙手手指移到她兩邊的臉皮上，碧琳馬上實話實說：「其實是之前讓大哥來看我時說我可以突襲，所以我才過來看看……我、我有詢問過醫生，護士小姐也有陪同……」說到最後越說越小聲，原本理直氣壯卻顯得立場漸弱，畢竟她的身體狀況確實是不該任性要求離開醫院。

科斯特擺明就是一臉語帶保留的樣子，他走向坐在不遠處休息椅上的白衣女子，女子胸前確實掛著專業護理師的掛牌，名字是……

發現到科斯特的目光，女子趕緊起身，拉起識別證自我介紹：「您好，我叫做『夏雨』，是負責照顧外出病患的護理師。」

「夏……小姐，碧琳真的是有醫師許可才出來的嗎？」

不是說他不相信碧琳說的話，問問專業的總是比較能確定解答。

「是的，這是江醫師發的外出許可單。」

夏雨將胸前的識別證翻轉，按壓了下角落的浮點，一張虛擬紙張投影在科斯特面前，確實是醫師簽發的外出許可單。

重新按壓浮點收回單據後，夏雨將識別證翻回正面。

「那麼妳們是怎麼到這裡來的？」

夏雨指著遠處正端來一杯熱茶給碧琳的石川，道：「是那一位石川先生派車載我們過來的。」

還好不是一路從醫院推過來。科斯特心裡鬆了口氣。

「那……碧琳她就麻煩妳多照顧了。」

「一定的，請您放心。」

「那妳先過來看看吧，我看碧琳好像有點發燒。」

「我知道了。」

夏雨跟著科斯特回到碧琳身旁，先用手背感測碧琳的體溫和心跳數，再從口袋拿出體測計靠在碧琳的耳旁三秒，之後查看上頭顯示的各項數值。

夏雨點了點頭，安撫科斯特的慌張：「碧琳的心跳和呼吸在平均值之內。人在冷空氣下會自動啟發保護機能，自行調節體內的溫度來保暖，所以溫度比平常值高出0.2度是正常的，但為了保險起見……碧琳，我們先回醫院吧。」

一聽見要回醫院，碧琳立刻慌忙道：「等、等一下，我都還沒看到哥哥工作時的樣子……」

「等這齣戲上檔的時候就看得到了，現在必須注重妳的身體才是，要是不小心真的變成感冒怎麼辦？」科斯特皺眉道。

碧琳眼巴巴的望向一直站在旁邊的石川，卻見男子露出抱歉的笑容，摸著她的頭一起加入勸說：「抱歉，小碧，下次吧，我一定再安排機會讓妳過來。」

「石川。」科斯特扔出瞪眼，暗指絕對不能再有下一次。

石川苦笑的對碧琳小聲的說著抱歉。

「那再待三十分鐘，我想和哥哥多聊天。」碧琳依然不死心的做著最後掙扎。她來就是想看看兄長工作的模樣，結果什麼都沒看到就要回去了，這樣她有來跟沒來不都一樣嘛！

「這可就難為我了，畢竟現在需要科斯特的幫忙才能完成拍攝。」

夜景項從石川身後冒出，不看科斯特臉上那保護妹妹的凶惡哥哥嘴臉，逕自拉了旁邊的椅子在碧琳面前坐下。

「妳好，我是《月華夜》的導演夜景項。」

「我知道，我有在電視上的記者會看過您。我叫碧琳，很謝謝您給哥哥這樣一個機會。」

夜景項聽見碧琳的自我介紹，不知道是想到了什麼，突然露出訝異的神情，但隨即就用微笑掩飾剛剛的失態，道：「若不是真有才能，我也不會去做危險的賭注。」

言下之意就是夜景項肯定科斯特的表現，所以才會給予這次擔綱男主角的重要戲分。

「不過我沒想到科斯特竟然還有個妹妹呢，而且是個成熟的好女孩，妳以後一定會是個很好的妻子。」

小小的踢了下椅腳，科斯特瞪著夜景項，齜牙咧嘴無聲警告：「不要隨便亂說話！」

——看起來在捍衛妹妹時就會變得大膽呢！

夜景項笑了笑，將手上拿著的物品遞給碧琳，「這個送給妳，見面禮。」

那是幾張用特殊材質印成的照片，碧琳翻看了好幾張之後才發現，這些照片竟是《月華夜》的人物定裝照，還有一張小型劇照。

「這些真的可以送給我嗎！？」碧琳驚訝的詢問。

這些東西應該是打算在電影上映時準備販賣的周邊吧，這樣提早送給她真的沒關係嗎？

「嗯，送給妳，當成是讓我看到有趣畫面的謝禮。」

「有趣畫面？」

「當然是……」夜景項瞄了科斯特一眼，似笑非笑道：「看見好哥哥和好妹妹相親相愛的畫面。」

碧琳眨眨眼，臉紅的點頭，小聲道：「謝謝。」

相較於一臉害臊的妹妹，另一方的哥哥倒是臉色越來越沉。

這傢伙真是夠了，沒事來湊什麼熱鬧，就算他是導演也不能連演員的私事都要管吧！

雖然剛剛在面對亞密時，他自己也不像是在私下解決，但是人總該要知道什麼時候該給其他人空間，什麼時候是大眾時間。

……該不會其實他對碧琳有什麼企圖吧！？

「哥哥，我可以跟你要簽名嗎？」

碧琳的詢問及時打斷科斯特腦袋正在進行的混亂雜談。

科斯特呆愣了半晌，看著遞到眼前的照片和不知道從哪抓來的黑筆，嘆口氣，接過照片和筆，流暢的簽下練習已久的公用簽名。

科斯特將照片遞還給碧琳。

「這樣可以乖乖回醫院休息了吧。」

碧琳嘟著嘴，小聲說道：「可是我也想要薇薇安的……」

「嗯？要我的簽名嗎？」

突然出現在眾人後方的薇薇安微笑的從碧琳手上順手接過自己的照片，並從掛在旁邊的私人包包裡拿出一枝鑲著米格魯狗頭的金筆，在照片上簽下自己的名字，順勢多畫了幾朵小花和愛心。

「來，給妳。」薇薇安雙手奉上照片。

「謝謝。」碧琳輕聲道謝。

薇薇安垂眼像是在思考什麼般，爾後雙手撐著膝蓋稍稍彎身與碧琳平視，她小心翼翼的伸出自己的右手尾指。

碧琳一愣，看著薇薇安滿含久違懷念的期待眼眸，她抿了下脣，舉起右手，尾指輕輕勾上薇薇安的尾指。

不需要言語，兩人都知道對方心裡的想法，那是屬於她們的秘密，曾經在年幼時一起度過一天時光的玩伴，即便經過這麼多年，也未曾忘記過對方。

「那麼，這下子可以回醫院了吧。」科斯特無奈的話語打斷碧琳和薇薇安的眼神交流。

薇薇安向碧琳點點頭，退開了腳步。

科斯特嘆了口氣。其實他並不希望碧琳再多待下去，畢竟回醫院還是比較有保障的。

「嗯！不打擾哥哥工作了。不好意思，大家，我們家的笨哥哥還請你們多多照顧了。」說完，碧琳彎腰低頭，就像個拜託上司多多照顧自家兒子的老父母。

「放心吧，我會好好照顧妳家的『笨哥哥』的。」夜景項笑了笑，拍拍輪椅的扶手，認真道：「妳也要加油。」

「嗯。」

「要好好照顧自己喔！多吃水果和蔬菜，有益身體健康。」隨即，薇薇安靠在碧琳耳邊偷偷詢問：「有空的時候我可以去找妳嗎？」

碧琳遮住嘴，小聲回答：「嗯，可以喔，我可以告訴妳很多哥哥的事情。」

兩名少女相視而笑，薇薇安伸出小指，微笑道：「那麼，我們就『再次』說定了喔！」

勾上薇薇安的小指，碧琳保證：「嗯！」

「妳們到底在說些什麼？」

看著科斯特皺眉的困惑表情，薇薇安和碧琳同時回答：「女人的秘密。」

──什麼女人的秘密不秘密的。妹妹對哥哥還需要有秘密嗎？

科斯特半天摸不著頭緒，只能滿頭霧水的看著石川和保鏢引領護理師推著碧琳準備往另一邊的巷道走去。

「哥哥。」在離去前，碧琳再次牽住科斯特的手，認真道：「要加油喔！」

「……嗯。」科斯特傾身抱了抱碧琳，替她將外套的衣領整理好，目送她離去。

「碧琳……希望妳的身體可以早點康復。」薇薇安真心的說出祝福。

夜景項看著眼前注視著遠去身影的背影。連視線都捨不得離去，還真是個擔心妹妹的好哥哥。

是啊，如果能夠早點康復就好了呢，不過……

這樣大陣仗的隱藏，還有隨行的護理師和科斯特擔心的樣子……

夜景項嘆息了聲。

「如果真的能夠恢復健康就好了呢。」

▶▶Loading...

第四伺服器

# 刷背，是培養男人友誼的時刻～

Create Dream Online

在碧琳離去後，《夜華月》的拍攝工作也繼續進行，好在接下來科斯特沒有再因為什麼突發意外而分神，除了兩、三次的錯詞，今日進度也算圓滿達成。

拍攝結束後，傍晚時分，石川載著科斯特前往明年準備舉辦演唱會的地點預先勘查。他們打算租用位於中央公園旁的演藝廣場，是個足以容納三千人的大場地。

弧形向上的半圓觀眾席圍繞中央舞臺，兩旁排列的光燈打向臺面，沒有屋頂建築的遮蔽可見天空，如果天氣好、無雲外加一點幸運，或許可以看見點點星斗。

「到時候這裡、那裡會放置音響，兩邊會搭起環繞音板，還有舞臺後方的大布幕會配合投影ＭＶ和電視劇的畫面。」

石川拿著手機顯示舞臺設計手繪圖片，比劃著解釋。

「演唱會預訂在明年五月，沒錯吧？」科斯特邊看著設計圖邊做確認。

「是啊，預定是五月中旬。想想時間過得很快，就好像昨天才剛看你出道，結果一轉眼就要辦第三場演唱會了。」石川回憶著從認識科斯特開始至今的時光，有些感慨。

科斯特走下階梯，坐在第一排的座椅上。這是與舞臺最靠近的距離，由下往上看別有一種臨場感。

「如果醫生許可，我想讓碧琳來看看。」

讓她坐在中央的這個位置。

讓他能真正的對著她唱。

「碧琳要是知道你的想法，一定會很開心。」石川微笑道。

一直以來她總想親眼看到科斯特的現場演唱會，如今這想法終於能夠實現。

「前提還是醫生許可。」科斯特認真補述。畢竟他可不想冒任何風險。

「說的也是。」石川點了點頭，開啟另一個話題：「對了，今天的特別嘉賓還喜歡嗎？」

「你不說我還忘了，你居然向碧琳提出那鬼提議，好死不死讓她見到那個人……」想起早上發生的事情，科斯特到現在都還覺得頭疼。

「但是科斯特，我倒覺得碧琳來得很適時。」石川雙手撐在座面，背部靠貼椅背。若不是碧琳出現，他想後果不堪設想。

不論如何，都是自己的父親。不管他們曾經發生什麼樣的過往，真要說出絕情的話語，又談何容易？

「你也有點慶幸碧琳的出現阻止了你的衝動，對吧？」

「我不知道你在說什麼。」

科斯特雙手互握靠在大腿，垂頭看著地面的枯葉。

他慶幸碧琳的出現？

他只覺得自己又因為那個人而情緒失控，害得工作中斷而覺得丟臉。他不懂為什麼那個人會在這時候出現在他面前，還把媽媽牽扯進來……

那個人說他想了很多，但在他眼裡看來，那個人就跟以前一樣毫無改變。

他根本看不見那個人改變在哪。

石川拍了下掌。

「好吧，就當今天你真用那些錢打發了你的父親，那麼，你也會有像現在這樣子的輕鬆表情嗎？」

科斯特起身眺望舞臺，雙手插進口袋裡，道：「如果真能確保他永遠不出現，那麼我會輕鬆得不得了。」

雖然他話這麼說，但那嚴肅的臉可看不出任何輕鬆啊！

科斯特就是這樣，老是嘴硬，若是真的用錢打發就能輕鬆面對未來，那麼他在提款間就不會痛苦到哭泣；明明心裡是慶幸碧琳的出現阻止，卻拚命否定自己的真意；明明想回家，卻因為無法找到說服自己的理由而不去看那重新回來的希望。

該如何是好呢？這倔強的孩子。

石川不著痕跡的嘆了口氣。

「好好好，就暫且當成這樣吧！聊聊別的，你能想像在這舞臺上演唱的時刻嗎？」石川右手搭上了科斯特的肩，比晃著左手，閉眼將腦中的影像述現：「七彩的雷射燈光打下，變換不同的圖樣與造型，三首主打新歌和六首電視劇主題歌曲，我們家的科斯特用歌聲征服高朋滿座的觀眾——」

「中央的座位，碧琳坐在那裡。」科斯特補充。

「對，碧琳坐在那裡看著她最崇拜的兄長的現場演出，不再是隔著電視，而是真真正正的實境演唱會……」

科斯特閉上眼，耳邊彷彿能聽見觀眾的歡呼、環繞的背景音樂、燈光閃爍，還有碧琳露出微笑望著他的樣子。

「一定很棒，那一天。」科斯特真心道。

「我也覺得，那一天一定會是明年最棒的時刻。」

也會成為科斯特這輩子美好的回憶之一吧。石川心想。

石川看了下手錶，拍拍科斯特的背，「走吧，該去吃晚餐了。今天好好休息，明天一大早還要討論新歌的詞曲呢。」

科斯特轉身走上階梯，詢問身後跟著的石川：「今天吃什麼？便利商店？」

「誒，在公司就吃好料，晚上可別吃便利商店吃上癮，今天我想想……對了，公寓的街頭那裡新開了一家關東煮攤。如何，要不要去吃吃看？」

「這樣我又要變裝了。」科斯特皺起眉。

去吃飯還要戴一堆雜七雜八的掩飾物真的很讓人煩躁，他還記得之前有一次去吃晚餐，偏偏那天石川的車子內剛好只有墨鏡，結果他就這樣晚上戴墨鏡進餐館，吃麵食還不能拿下來，其他客人明顯就是把他當成瘋子。

兩人走到車子旁，石川打開副座前的置物箱，拿出一頂綠色束髮帽和藍框眼鏡，眨了眨右眼說：「這次我有新法寶，前天新買的。」

科斯特眉頭抽了下，揉了揉鼻子，「我說石川，我總覺得你最近很喜歡添購這類東西。」

「喔，是嗎？我只是防範未然，絕對不是因為覺得幫你變裝很好玩。」石川說得一臉正經，擔保絕對毫無私心，但話語卻是自動露餡。

明明就是看他裝東裝西的當看戲還敢說。科斯特暗暗腹誹。

但沒變裝就不能出去吃晚餐，無奈之下科斯特只好脫下鴨舌帽換上石川新買的束髮帽，整理好瀏海，戴上眼鏡，坐進副座。

石川笑著坐上駕駛座，發動車子。

「看來我的眼光還不錯，這裝扮至少可以用七次。」

「最好真的可以用七次，別今天進到店裡就被看穿了。」

「被看穿也沒什麼不好，頂多就是可愛的高中妹妹跟你要簽名而已。」

「光是這樣我就覺得麻煩了。」

如果是工作時就沒話講，但要是連普通時刻想吃頓飯都要被打擾，他怎麼想都消化不良。

「誒，說成這樣，其實你心裡開心得很吧？」石川擺手揶揄。

科斯特立刻反駁：「才怪。」

石川哈哈笑了。

▲▲▲◎▼▼▼

當扉空一上線，粉紅色的物體瞬間迎面撞來。

他雙手下意識合掌夾住物體，只見被擠得變形的粉紅棉花糖用著水汪汪的眼望著他，喊痛的「啾！」了聲。

發現是自家寵物而不是偷襲的暗器，扉空趕緊鬆手。

葛格掉落在地，彈了幾下，馬上咻地躲到床腳邊瑟瑟抖著。

「抱、抱歉，我以為又是伽米加那傢伙在惡作劇……」

扉空蹲在床邊好聲哄著，用著不太靈活的表情道歉。

葛格淚眼汪汪，露出被欺壓的悲慘表情。

明知道眼前的小東西是程式產物，但偏偏這表情活像把他當成逼良為娼的大壞蛋，這眼淚拚命噴的靈活樣子還真沒辦法把它跟虛擬物質畫上等號，扉空現在滿腦子完全無法思考其他事物，只能想著快點把葛格安撫好。

他什麼時候變成這種家裡養寵物的父母心情了？

嘆口氣，扉空整個人趴在床腳邊，左手伸進床底下撈了撈，只可惜葛格左跳右閃，他撈了一分鐘都還沒撈到，沒辦法之下，扉空只能改用餐點引誘。

動物遇到吃的都沒辦法抵擋，這隻……不像動物的寵物應該也有用吧？只是他的裝備欄裡好像沒什麼寵物食品。

想了想，扉空叫出一支雪花糕，故意在床腳邊晃了晃，腦海裡盤旋的是劇本裡的臺詞，他換上吉詠夜特有的燦爛笑容，勸道：「來來來，葛格快點出來喔！剛剛是我不好，不過你總不能一直生我的氣吧？看你這樣我也怪難受的。你看，超好吃的雪花糕，想吃嗎？對我笑一個……喔、不，只要你出來，我就給你……葛格？葛格出來喔～」

喊到最後扉空自己都難為情了，替寵物取這名字果然還是怪怪的。

葛格扭捏的「啾」了聲，先探出鼻子嗅了嗅，眼睛眨巴眨巴的確認扉空毫無惡意且笑容滿面後，才小心翼翼的鑽出床底，扉空也順勢將跳出的葛格抱進懷裡，盤腿坐起，將雪花糕獎賞給聽話的寵物。

葛格大嘴一張，直接將整支雪花糕含進嘴裡，幾秒之後再退出就只剩下冰棒棍，上頭的雪花糕全被葛格吞下肚了。

還真是令人驚訝的吃法呢！扉空拿著冰棒棍觀看奇景，一邊發出「嘖嘖」的讚嘆聲。

「原來你愛吃冰棒，這樣就不用特地買寵物飼料了吧。」他想，若是要找出這隻寵物的優點，除了青玉喜歡之外，大概就是剛好可以省下一筆飼料費。

對了，現在青玉應該已經上線了吧，算一算都午夜了，不過他要用什麼理由去找她？視線向下瞄往懷裡的寵物，扉空舉起葛格，滿意道：「就用你當理由吧！」

「啾？」葛格耳朵一聳，露出困惑表情。

扉空立刻將葛格抓在腰側，準備離開房間前去公會大廳找青玉，但就在他滿心歡喜的轉身時，臉上的笑臉瞬間凍結，半秒之間立刻垮下。

扉空看著無聲站在房門口不知道多久的伽米加，一巴掌抹了臉。

「你……站在那多久了？」

「也沒有多久啦，大概……」伽米加掐指算：「十五分鐘。」

「那你……剛剛有聽到或看到什麼？」

「其實也沒有看到什麼啦！」伽米加彈了下指甲縫，搔著鼻，「只不過看見座敷和杦木最崇拜的扉空哥哥趴在床邊挖──那顆棉花糖，還一邊拿著雪糕說：『葛格、葛格出來喔～』之類的話。」

他就知道，他就知道！為什麼每次只要他在做丟臉的事情時都一定會被伽米加抓包，丟死人了！如果伽米加去跟青玉打小報告該怎麼辦？

青玉會用什麼眼神看著他？

不，善良如青玉，她一定會笑笑的說「扉空哥真是個有耐心、會哄寵物的好主人呢！」來安慰他，但實際上……實際上青玉會怎麼想？

——喔，這死伽米加，幹嘛每次都在不對點的時間出現啊啊啊啊！

扉空毫無形象的抓著頭跪在地上，一臉悽慘無比，開始像是在唸符般的碎碎唸著超長不斷氣的心裡ＯＳ。

伽米加盯著正繞著扉空歡樂跳圈圈的葛格看，扠腰勸說：「別那麼激動，我不會閒到沒事去跟青玉嚼舌根的，你對我多點信心行不行？咱們當兄弟都那麼久了……誒、把椅子放下、放下！」

伽米加撫勸著把椅子搬起來準備扔向自己的扉空，要他放下凶器。

扉空以為只要在房間內就沒人看見，結果卻還是被伽米加看見了。不對啊，伽米加怎麼能擅自進他的房間！

「你做什麼擅自開我房間的門！」扉空惱羞成怒的怒斥。

「敲了五、六次都沒人來開，當然就自己開門來看看情況，要不是青玉交代我一定要在半小時內把你帶過去，打死我都絕對不會擅闖。」伽米加伸出爪子保證，天地良心，他說的全是真話。

「青玉？」聽見那名字，扉空的羞恥怒火瞬間拋到九霄雲外，轉而詢問：「青玉現在在哪裡？」

——還說對那小妮子沒意思，這種迫切的態度叫沒私心，鬼才信。

一邊在心裡補充，伽米加搥掌道：「差點就忘了，青玉叫我帶你去……我是覺得如果告訴你，你就不會去了，直接帶你過去比較快。」

「你說……哇啊！你做什麼！放我下來！」扉空對著將自己挾持在腰側的伽米加又抓又搥，只可惜他已經不只一次見識過這獸人該死的體能蠻力，因此抗議沒多久，扉空就繳械投降，恨恨的瞪著踩在地板上的那雙靴鞋。

「我不是說了，與其跟你解釋，不如帶你過去比較快。」樂樂的說完，伽米加抓著扉空衝出房間。

看著抓著主人如疾風般跑走的背影，葛格慌張的在原地跳了幾下，隨後趕緊跳出房間，邊滾邊捧的跟在後頭拚命跳追著。

▲▲▲◎▼▼▼

公會大廳的正前方是門面，所以除了公會大樓，就是幾棟男女宿舍、雜貨店和花圃；至於後方，則屬於私人可用空間。

公會大廳後方隔了一座行政大樓，街道兩邊各有幾棟小商店零散駐落，畢竟公會不比城鎮，用地有限，因此商店都是自家會員開設的，客人也只有自家會員，因此標價較為便宜，稀有材料的流通也會以公會成員為優先。

扉空一直以為這座公會就只有前面看到的那幾棟公用大樓和那幾家小店鋪，沒想到後面竟然還有整條的商店街。

移動的景物在一家大型店家前停住，店家的整體外觀是一座巨型貓頭，兩階木梯延伸進貓嘴，招牌之下掛著兩盞印著「澡」字的紅色燈籠。

——這家……是澡堂吧？

「你確定是青玉叫你帶我過來，而不是你自己又在耍什麼花樣？」扉空用力朝著伽米加的肚子拍了一掌，要對方放他下來。

伽米加將扉空安穩放下，認真道：「我保證，是青玉的命令。吶，你看，說人人到。」

扉空順著伽米加的指端望去，恰巧與從門口探出頭的青玉對上眼。

青玉快步走下梯階來到兩人面前，指著店裡興致勃勃道：「你們遲了喔！快點進去吧，大家都在裡面了。」

「大家？」扉空困惑提問。

「對啊，今天是普普開設的澡堂的開幕日，目前在公會裡的人都來捧場了，你們也快點進來吧，今天泡澡半價優待！會、長、出、錢。」最後一句，青玉靠在扉空的耳邊小聲說。俏皮的眨眨眼，青玉跑進店內，招手要門外的兩人快點進來。

「目前在公會裡的人有多少？」

「我想想喔，男生大概有三十人、女生有二十四人左右吧。」

嘴角不易察覺的抽了下，扉空轉身準備落跑，卻被伽米加一爪搭上肩拉住了。

「伽米加，你應該知道我『非常』討厭那種人擠人的……」

直接打斷扉空的拒絕話語，伽米加用力拍了拍扉空的肩，「別這樣，你討厭那種很多人擠在一起的地方，但是澡堂不一樣，那是男人友誼的交流地啊！」伽米加握拳，一副歌功頌德的模樣繼續道：「大家坦誠相見，互相幫忙刷背，踏著肥皂玩溜冰——」

「摔死比較快。」扉空不屑的吐槽，肩膀一扭甩掉伽米加的手，斷然拒絕：「你要男人友誼交流你就去，我不想去那種地方廝混，餵寵物吃雪糕來打發時間都比那好。」

擺擺手，扉空轉身就走。

好不容易追上兩人的葛格累趴趴的喘著，在扉空經過自己身旁時瞪大眼看著主人往回走，雙眼一翻差點沒暈倒，但兩秒之後還是趕緊跳著跟上，但它卻沒想到，竟然還有一雙大腳比它更快的追上扉空。

身後傳來伽米加的低喊，但扉空並沒有因此停下腳步，他頭也不回的直接回話：「我說

「扉空。」

了……哇唔喔！」

被攔腰抱起翻轉一圈的扉空雙眼都還沒定焦，視線一晃從黑的變成暖黃，木質地板在眼前晃，旁邊還有一名穿著青椒布偶裝的辮子少女坐在櫃檯，好不容易才察覺自己又被挾著跑，扉空想阻止伽米加的行動，卻沒想到對方的動作更快。

男湯的木簾、更衣櫃，最後木框玻璃門一拉開，伽米加對著浴室裡的人潮大喊：「各位，我把扉空帶來囉！快讓出個位置！」

收到指示，冷池區的眾人立刻刷的一聲退出一個大空區。

「不不不不不、不要啊啊啊啊——」

毫無預警的被直接扔下讓出空位的湯池，猛烈的動作濺起大片水花，嗆鼻的水讓扉空趕緊找東西抓住，腳一蹬地，整個半身立刻鑽出水面趴在池邊猛咳。

「伽米加我要殺了你——」

扉空怒吼完，肩膀也被人一拍。

水諸遞來一條浴巾，臉帶尷尬的說：「呃……要殺人之前還是先圍著吧。」

「什麼？」扉空遲鈍的接過毛巾，水諸撇開的視線讓他困惑的低頭，這頭一低差點沒翻白眼，因為現在他身上空蕩蕩的什麼遮蔽物都沒有。

——我的衣服呢？衣服到哪裡去了！

扉空趕緊將浴巾圍綁在腰際，扒開遮掩視線濕漉漉的長髮，瞪著站在池邊不知何時只剩下一條浴巾圍著的伽米加。

知道扉空心思的伽米加也不拖泥帶水混東混西，舉起手悠然解說：「只要進入這浴室的範圍，身上的裝備就會自動卸下存放在外頭的更衣櫃。怎麼樣，很方便對吧？」

「方便你個頭！」咬牙切齒，扉空手腳並用的爬出浴池。

見扉空殺氣騰騰，伽米加慌忙的打哈哈：「別這樣，畢竟有這機會可以和大家培養感情嘛……我、我可以幫你刷背！扉空，有話好說，你這樣會嚇到隔壁女湯的女孩子們呦～」

勸說無效，扉空踩過的地板都開始微微冒冰，伽米加吞了下口水，轉身逃跑。

扉空怒氣全盛的追著。

坐在沖澡區的㭗木童子望向在走道追來追去的兩人，無奈的嘆氣：「唉……結果還是這樣，不過這下子到底誰要幫我刷背？」

本來剛剛伽米加是在浴室裡的，而且和㭗木童子說好互相刷背，誰知道才剛拿起肥皂，隔壁女湯的青玉就喊來委託，要伽米加去將剛上線的扉空帶來，但結果嘛……可想而知，還是這種吵鬧收尾。

——那這樣不就要我自己刷了？

沒辦法之下，桻木童子只好拿起搓巾和肥皂開始互搓，卻沒想到因為搓得太大力，肥皂就這樣飛了出去，摔在中央的走道上。

「肥皂！」

桻木童子還來不及撿回，一隻腳好死不死就這麼直接踩在那脫手的肥皂上。

「伽米加你這混……」

話都還沒罵完，腳底一個滑勁，扉空頓時跌進旁邊的湯池裡。

看著湯池濺得半天高，始料未及的狀況讓桻木童子目瞪口呆。

「好燙！」

滾燙的熱水讓扉空連待半秒都受不了，拚命掙扎。

石頭環繞水池隔出冷熱兩池，霧氣瀰漫，曖昧的身影若隱若現。

「隔壁的男湯在做什麼，怎麼吵成這樣？」天戀撥開沾黏頸部的濕髮，望向兩公尺高的木頭隔板，隔板的另一邊就是男湯的區域。

「聽那聲音，怎麼感覺好像是扉空哥……」坐在石頭上泡腳的青玉詢問著望向正在盤髮的荻莉麥亞，「還是說，是我聽錯了？」

荻莉麥亞挑了挑眉，回道：「這個嘛……等他們洗完出來之後再問問看不就知道了。」

「呵，也是，在這裡猜來猜去也不知道答案是對還是錯，不過真想知道他們現在在做什麼，那麼熱鬧。」

青玉抓著圍住自己身軀的浴巾下進池裡，捲絨的尾巴因為吸水而顯得有些笨重，抱著尾巴挪移到一個舒適的位子，青玉雙手捧水洗了洗臉，頭上的雙耳抖落濕水。

「每次只要看見青玉頭上的耳朵在抖水就覺得好可愛呢～」留有一頭綠色蓬鬆捲髮的香頌捲，雙手互握靠在臉頰旁，露出陶醉神情。

坐在石頭上，銀色短髮的少女奧瑪雅點頭附和：「就是說啊，我倒是很想看看青玉的尾巴是從哪裡連出來的。青玉，讓我看看好不好？」十指舉起賊笑的抓了抓。

「不、不可以！」趕緊護住自己的臀部，青玉移啊移的移到浴血銀狐身後，嘟嘴威脅大家：「銀狐也是有尾巴的，要摸我，就先摸銀狐！」

——這是抓人當替死鬼的不厚道行為吧……

不過當然，在場所有人也沒人敢去偷摸浴血銀狐的臀尾，斷手斷腳的下場可不是鬧著玩的，就算是公會成員，浴血銀狐也絕對不會手下留情，頂多是斷得讓你無感。

「我的食指會先被拗斷吧……」奧瑪雅看著自己的食指，先是嚴肅沉默，三秒後換上笑臉問：「銀狐妳對女生會手下留情吧。」

半秒都不用思考，浴血銀狐斬釘截鐵回道：「男女一視同仁。」

「我想也是。」默默的將雙手泡進水裡，奧瑪雅默哀，希望她的嘴巴不會在明天醒來的時候發現被削掉了。

「不過，雖然同樣都有尾巴，但是……」

浴巾包攏玲瓏有緻的身材，雙峰間可見圓潤溝線。青玉盯著浴血銀狐的胸部，再低頭看看自己望塵莫及的胸前，環視在場所有人，就算霧氣遮掩，但還是可以看見大家的美麗曲線。

青玉摸了摸、比了比，最後趴在池邊撇嘴。

「胸部……」

看來女湯這方還是有煩惱的呢！

冷水從頭頂淋下，扉空打了個哆嗦，看著圍著自己的人群以及手拿水瓢的波雨羽，腦袋努力想理清剛剛發生的事情。

「對不起，扉空哥，都是我的肥皂害你摔倒了……」杦木童子面露歉意，縮著頭道歉。

「還好會長剛好進來，把你從池水裡拖出來。鷹族的翅膀可真不是蓋的，想想那雄偉敏捷的樣子，會長，再讓我們看一次吧！」

說話的人被波雨羽直接用水瓢敲了一記頭。

「不給，要是太常看見稀有度就會降低了。」

聽著大家的對話，扉空的腦袋也開始重新排列組合事情發生的經過，總之就是他踩到了杦木童子掉在走道的肥皂摔進熱湯裡，然後波雨羽剛好進到浴室看見，及時救了他。

看著杦木童子低頭認錯的樣子，扉空也無法怪起杦木童子，畢竟對方並不是故意的，何況又是個小孩子。

但是他旁邊這個人就真的……

「扉空啊啊啊啊——」

伽米加抱著扉空，整個獅子頭拚命抹上來，扉空都覺得自己的臉皮快被抹上一層毛渣了，配上那哭喪似的音調，扉空臉一黑，直朝著伽米加的胸口一記肘擊。

伽米加捂著胸口倒在地上，即使臉扭曲還不改痞痞本性，咳道：「我、我的心碎了……」

扉空嘴抽，抓上伽米加的手臂，冷聲道：「要不要嚐嚐什麼才是真正的心碎？」

寒氣逼人，連毛都染霜豎起，伽米加吞了吞口水，立刻乖乖的坐起，嚴肅拒絕：「不，你還是把這絕招留著吧。」

開玩笑，要是他真的被冰鏡花凍結起來，哪還能活。

嘻皮笑臉可以沒有，但生命絕對至上。

鬧劇結束，波雨羽遞手詢問：「站得起來嗎？」

扉空點頭，握上波雨羽的手，在波雨羽的扶持下重新站起。

「謝了。」

「這沒什麼，不過讓我驚訝的是，我才一下子不在而已，就鬧成這個樣子。」波雨羽無奈的笑著搖頭，摸著下巴揣測：「讓我猜猜發生了什麼事情，從剛剛的地點分布來看，還有四周的物品散落……」

波雨羽觀察旁邊面露歉意的伽米加和眼做瞪視的扉空，以及路中央拖移出一道泡泡痕跡的肥皂，指著說：「大概是扉空在追著伽米加……玩老爺別追的遊戲，結果踩到肥皂直接滑進熱湯裡，沒錯吧？」

「差很多好嗎！誰在玩在種詭異的遊戲！」扉空不滿的反駁。

「哈哈哈！別這樣嘛！其實想也知道，一定是扉空你不想來，結果被硬抓過來，然後又發現這間浴室的自動脫衣功能而感覺到害羞，所以就追著伽米加想揍他來出氣，對吧？」

「雖然說的方向是沒錯了，不過某些地方的用詞還是很奇怪。」

波雨羽拍拍扉空的肩膀要他別介意這種小地方，指著伽米加，道：「伽米加也是好意，反正今天我出錢，來泡泡澡無所謂。看，露天浴池還能見星星，多好的機會。」

伽米加臉上堆滿笑奉送到扉空面前，討好道：「波雨羽說得很對，我也沒想到你會滑倒。而且你看，大家那麼關心你，你就這樣掉頭走人……不太厚道吧？」

「是啊，扉空先生，今天是普普的澡堂開幕，吵架不太好呢。」水諸加入安撫。

「就是呀，扉空，你剛加入公會就該多多參加這些活動，好讓我們大家可以多多認識你呀，你們說對不對？」臉帶鱗片的金髮青年哈哈笑問。

而旁邊的人也很給面子的同致齊聲：「沒錯！」

嘹亮的聲音讓扉空僵目的往後一縮。

——做什麼？人多勢眾是嗎？

波雨羽舉手示意大家稍止住音量，可別把這新來的會員嚇跑了。

枕木童子舉起手上的搓巾，「扉空哥，既然都來了就泡一泡再走吧。如果你是擔心沒人可以幫你刷背，我可以幫你刷背喔！還有，剛剛真的很抱歉。」

再次的道歉讓扉空感覺自己就像是正在欺負小孩子的罪人。

其實這真的不是刷不刷背的問題，而是他一點也不想待在這種毫無衣物遮掩又擠著一堆人的地方。

「扉空，洗個澡而已，再推的話會讓普普以為自己的澡堂惹人嫌。」

波雨羽將枕木童子手上的搓巾塞進扉空手裡，轉頭示意男孩一眼，枕木童子馬上用右手比了個「OK」，隨後趕緊拉著扉空往沖澡區最裡面的空位走去。

「好了、好了。」波雨羽拍拍掌，「大家繼續，要叫酒品飲料的可以，但可別自喝自醉把澡堂給搞糟了，普普發起脾氣來可不是常人能抵擋的。」

眾人大笑著散離，原本泡澡的回到各自的池區，刷背的也坐回椅子上繼續刷背。

坐在內側矮凳的扉空看著手上的搓巾，再看看對面正遞出手的杴木童子，他反問：「你刷背了沒？」

杴木童子一愣，搔搔臉，回答：「還沒，本來是想叫米哥幫忙的，不過剛剛他跑去找你了，結果等他回來就……弄到現在……」

這樣聽起來還真有點不應該，當然這絕對不是他的錯，是伽米加的問題。伽米加他好好幫杴木刷背不就好了？偏偏就愛搞中途節目這一套，雖然是受青玉所託。

「喔、對齁！」突然從扉空背後冒出的伽米加雙手合掌，低頭認錯：「抱歉，杴木，讓你等那麼久，我現在馬上替你刷背。扉空，讓個位子。」

扉空一臉不耐，「你幹什麼又來湊熱鬧？」「別每次當他要做什麼事情的時候都像鬼一樣冒出來插隊行不行……」

「才沒有，本來就是我要幫杴木刷背，是因為有事中途離席才沒刷成，現在我回來啦……唉呦，等等我會幫你一起刷的啦！」

「免了，給我滾！杴木我來負責就行了。」

「這可是我和杴木培養男人友誼的時刻，這機會不能讓。」說完，伽米加順手搶過扉空手上的搓巾，還拿起肥皂，擺明就是要開始占位工作。

「誰管你什麼鬼男人友誼！洗澡就洗澡、刷背就刷背，別那麼多廢話！」將搓巾搶回，扉空猛然站起。

被扉空的突然動作嚇了一跳的伽米加也跟著跳起，驚魂未定的看著眼前人。

「怎、怎麼？」

「伽米加，我說你呀……」

扉空瞇起眼，腳步踏前。

伽米加雖然不知道扉空想做什麼，但本能卻逼他往後退步，畢竟扉空的表情真的稱不上友善。只可惜這一退並不是終止，只見扉空一步步朝前走，而伽米加只能一步步後退，直到後足踩空摔進後方的水池裡！

伽米加一身狼狽的從水裡冒出頭，咳出鼻裡的水氣。

扉空拍拍手臂上濺到的水漬。

「這樣就扯平了。」

冷冷一笑，扉空扭頭轉身回到位置上，開始幫杴木童子刷背，順便朝著伽米加扔了幾枚嘲諷的眼。

伽米加將鬃髮往後抹，趴在池邊一臉哀怨。

「真是……太過分了！」

▶▶Loading...

## 第五伺服器

# 原來是你！

Create Dream Online

男湯區，隔板邊正聚集著幾個男生舉耳偷聽。

「喂喂喂，她們剛剛說了什麼？」

「好像是在摸什麼……」

「摸什麼？」

「摸——噓！她們又開始說話了。」

聽著隔壁女湯傳來的笑聲，偷聽的一群人也露出醉酒般的表情，還有人抓起一大把衛生紙塞進正在噴血的鼻孔裡。

泡在冷池的扉空將鄙視的視線從那些偷聽的男人身上移開，快手的扯住正準備跑往小集團的伽米加的鬃髮，不屑的問：「你想做什麼？哼，也想去幹那種下流事是吧？」

「不、不不，沒有啦！我只是想去看看他們在做什麼。」伽米加訕笑的拍拍快把他頭皮扯掉的手，要扉空手下留情。

「別讓我更鄙視你。」

冷冷說完，扉空鬆開手，而伽米加則摸摸鼻子默默溜回原本的位置。

——偷聽一下又不會少塊肉，扉空這沒情趣的傢伙，在男湯泡澡的樂趣就是偷聽女湯的女生們無限制的對話、三不五時流露出的青春話題，平時的辛苦都在一瞬間獲得舒緩……

——但現在舒緩什麼的都沒望了。哭哭……

葛格窩在澡盆裡，在冷池上漂浮著，輕微的旋轉搖晃就像搖籃一般。它一雙眼眨著瞇起，一副快睡著的模樣。

澡盆漂呀漂的從扉空面前漂過，隔壁熱池泡著的杴木童子看見了靠邊的澡盆，伸手一抓正好抓到，將裝著昏昏欲睡的葛格的澡盆抱進熱池裡，杴木童子咧開嘴笑了，抓著澡盆用力一轉，強烈的旋轉力道讓葛格驚醒，發出銳利的尖叫。

「哈哈哈！超好玩的這隻寵物，我是你的哥哥呢……哥哥。」止住旋轉的澡盆，杴木童子整張臉擠到瑟瑟發抖的葛格面前，雙眼發光的嘿嘿笑著說：「你叫做葛格，就要尊敬我這個哥哥，扉空哥早在你還是寵物蛋的時候就答應我和座敷讓你當我們是哥哥姐姐了，以後我找你玩不可以拒絕喔！」

葛格整張臉刷的慘白，小嘴垂下糾成可憐的小團——要是真讓這可怕的小孩當它的哥哥，它一定很快就蹺辮子的！

「啾啾啾……」

「杴木，別嚇它。」隔壁冷湯傳來了扉空無奈的勸聲。

「我沒有喔，這才不是嚇，是在跟它玩。」嘟嘴，將裝著葛格的澡盆遞回去給扉空，杴木童子托著下巴靠在池邊，視線毫不離開葛格。

但葛格卻連看都不敢，整個在澡盆裡縮成一團抖動的毛球。

扉空沾些水在葛格的毛髮上輕輕的搓洗著。

看看隔壁的熱池，雖然種族不同，有人、有精靈也有矮靈，不過都偏向人形外貌。

但扉空這區就根本是動物池。

除了扉空這冰精族外，有人魚、獅子、豹、野豬、龍……等。

波雨羽倒是還好，雖然有點鷹型臉以及頭髮那幾片羽毛，但至少還是人的外型，這點是讓扉空挺欣慰的，至少感覺起來比較不會把自己看成是誤待在一群野獸中央的肉排。

而動物種族的人幾乎都待在冷池的原因則是因為……

「泡熱水可是會脫毛呢。」

剛剛波雨羽用著理所當然的表情如此說著。

是的，就是這頗有些無言卻又無法抗拒的因素，所以扉空這池才會沒一個人類，全部都是動物。

「波雨羽，你不阻止那些人嗎？」

但比起這件事，扉空更在意的是那群偷聽到正在找小洞想偷看的人。

「不，事實上我是沒什麼立場去阻止，畢竟身為男性也不是不能理解他們的行為，要是阻止之後連我都被抓過去偷聽就不好了。不過，要是他們偷看到什麼不該看的……我會把他們戳瞎，這點請不用擔心。」

乍聽之下沒什麼問題，但事實上面帶笑容說出戳瞎人這種話還是不免有些恐怖。

扉空皺起眉，遲疑道：「你跟以前……好像不太一樣。」

以前的東方禹可不會說出這種話。

「是嗎？我倒覺得我沒什麼變呀。」波雨羽說完，一邊撫刷自己的羽毛髮尾梳洗著，一邊嘆息：「等等還得抹滋潤霜呢。對了，扉空，如果你需要的話我可以借你呦。」

滋潤霜，波雨羽指的是潤髮乳之類的東西吧。

扉空搖頭，「不，謝謝你的好意，我想我還不需要用到那種東西。」

而且他這頭頭髮可不是普通的長，抹潤髮乳要抹到什麼時候？

好在《創世記典》人道的地方還是有，他只要泡一下水頭髮就乾淨了，不然這頭長髮光是洗……他看洗一小時都不夠用。

不過，頭髮這麼長，要是可以綁起來，他的脖子就舒服多了。

扉空邊想著邊將頭髮抓成一把，沒想到在同一刻，原本夾在半頭的水晶夾突然竄出幾條光線纏繞住扉空抓著的頭髮，光線縮緊，髮夾瞬間變成髮束。

扉空摸著變成馬尾的頭髮訝異著。

「原來你的髮夾可以變成髮束啊！？我都不知道。」伽米加嘖嘖稱奇。

扉空偏著頭，誠實道：「我也是第一次發現它可以變成髮束，不過這樣確實輕鬆多了，早知道當初在選角時就把頭髮改短了。」

「我倒覺得長髮挺適合你的。」波雨羽摸著下巴，「不過如果你真的想剪短，城鎮裡有理髮店，你可以去修改髮型，還可以染燙髮。」

「理髮店……」扉空點點頭。等他有空的時候可以去看看，把頭髮剪短一點或許還不錯。

「噓！大家安靜！」某人的手指抵住嘴脣，壓低音量，道：「女生那邊好像在聊什麼開心的事情。」

男湯一瞬間靜止，清晰可聽見女湯那方傳來的笑聲，叮叮噹噹清脆可人，聽得一些男性都捧心酥麻麻了。

「原來荻莉麥亞妳遇過這麼好笑的事情呀，我記得我小時候被我姐姐騙得團團轉，真的以為皮球裡住著精靈，每天都拿著皮球對著它說話，最後還被姐姐裝的聲音以為是精靈現聲，把新年紅包全都給了姐姐……」某道聲音夾雜著哀怨。

「愛美樂妳也太慘了吧，我小學的時候倒是經常把糖和鹽搞混，結果早餐泡奶粉時十次有九次都變成鹹牛奶，更慘的是喝久了卻變成習慣，現在喝牛奶都一定要加鹽……」

「那種口味……好喝嗎？」遲疑的詢問從另一邊傳出。

「我也不知道那算不算好喝，就喝習慣了，妳知道的。」那是種無奈的回答。

「這些女生也太可愛了吧！」頭上長著一棵紅色小樹的男子激動的對著其他人招手。

「我記得我小時候和同學打賭輸了，結果被逼著去偷拿媽媽的內衣戴在頭頂裝超人，好死不死被抓包，最後被打了二十下藤條外加舉椅子罰跪算盤。」某名黑髮精靈雙手環胸，想到從前不禁淚流滿面。

圍聚的人群開始嘰嘰喳喳討論著過往，伽米加也加入了話題，一臉嚴肅道：「我記得以前有個混蛋把青蛙放進我的書包裡，當我上體育課回來打開書包時，就被突然跳出的青蛙嚇到跌倒，後腦還撞到後面的置物櫃。」

「那還真是個惡劣的惡作劇呢！」隔壁長著獠牙的野豬搖著頭。

「所以隔天我就在他的書包裡放進一堆牛糞蟲。」

「噗！」

周圍的人聚集，好奇詢問：「結果呢？」

伽米加抿著唇，無奈攤手，「結果沒想到他嚇哭了，而且因為有人看到那蟲子是我放的，結果我被老師叫過去罰站，還被逼著向那個混蛋道歉。」

「老師都不問前因後果嗎？」波雨羽皺眉問。

「比起青蛙，老師比較討厭牛糞蟲吧？誰知道！」伽米加翻了個白眼，背靠池邊。

在冷池也開始準備熱鬧的聊起來時，偷聽的人群又再次傳來噤聲的命令，所有人統統閉嘴不准說話，只能豎耳恭聽。

「那麼青玉妳呢？妳遇過什麼好玩的事情？」

聽見話中的名字，扉空停下清洗毛球的動作。

「我嗎？我喔……我想想看……嗯……」

聲音停頓很久，似乎當事人正在努力挖掘記憶中的有趣事情。

突然，青玉喊了聲，語氣透露出開心：「我想到了！雖然不算有趣，但那樣的日子卻覺得很幸福。」

「我記得在第一次和哥哥一起走路去上小學，那時的我因為教室裡面沒人，又不敢自己一個人待著等老師來開門，而哥哥的班級有早自習，沒辦法陪著我等，沒想到他看見我眼淚滴滴答答的噴出來後就默默回來陪我等。之後聽媽媽說，因為哥哥早自習遲到，被老師罰寫詞句一百遍。」

「原來青玉有個這麼好的哥哥，我都沒聽妳提過。」

「因為沒人問呀！我還記得之後我們一起回家，每次都會經過一家種著橘子的住家，樹枝延伸出來垂到圍牆外，那家的老奶奶每次看到我們經過都會讓我們拔顆橘子，我記得哥哥踮高腳，手勾啊勾的，結果掉下來的橘子砸到我的頭。」

「噢、一定很痛……」

「是有點痛啦……但是橘子很好吃。」

扉空用手沾水抹了下嘴脣，似乎想說些什麼，卻沒能說出口，腦海裡回想起曾經的童年。金色的光輝映著餘夕，兩道影子拉得攏長，有個白髮蒼蒼的老奶奶拄著枴杖站在門口，遞了兩顆剛洗過的橘色果實給他們。

當所有人專注在青玉的話語時，扉空默默的打開文字訊息，輸入一段字，選擇好收件人之後送出。

提示音突然響起，青玉打開訊息欄，看了一下寄訊者名字，她困惑的打開信件，但在看到信裡的短句後，臉上的困惑卻僵住了。

「怎麼了？」一旁的天戀傳來詢問。

青玉目光閃爍了下，遲疑的開口：「沒、沒什麼，只是……怎麼會……」

天戀好奇的移到青玉身旁，青玉面前的信件面板正顯示著一行字。

「不是橘子，是甜桔，從小妳總是分不清楚呢。」

——這是在回答青玉剛剛說的過往吧，那寄出這封信的人是……扉空！？

天戀還沒想出個所以然，青玉卻突然蹬地站起，池水隨著動作從身子嘩啦濺下，而天戀也沒倖免的被潑了一頭髮全濕，嚇得往後一退。

青玉雙手撐在池邊爬出湯池，快步的跑到那隔著男湯的木板前，她抬頭望著露天星空之下的隔板頂端。兩公尺的距離，明明那麼近她卻從來沒有發現，而他，一直在等著她發現吧。

深吸口氣，青玉大喊出詢問……

「奇怪，突然安靜了。」

「怎麼說到一半就斷掉了？接下來呢？」

人群努力的將耳朵貼靠在木板上，緊到像是恨不得自己能融入那塊板子裡的樣子。

「說得正精采，怎麼突然沒話了？」伽米加望向扉空，看著對方默默點開面板的樣子，喊道：「扉空，青玉在說話，你怎麼可以只顧著看你的資訊？要認真聽、認真聽呀！到時候比較好追懂不懂！」

波雨羽忍不住笑了聲，揶揄道：「扉空，你對青玉有意思？」

「什麼什麼，扉空想追我們家的青玉妹妹？這可不行吶，要過五關斬六將的喔！」人魚坦巴斯搖手笑道，表示這公會裡的青玉護衛隊可不好打。大家把青玉當成親妹妹般愛護，又怎麼能容忍妹妹被別的男生輕易追走呢。

「等等！好像有腳步聲。」某人傳來了三度噤聲指示。

本想回話的扉空只能閉上嘴。

偷聽的人群再次豎耳，沒想到隔壁卻傳來幾近震耳欲聾的近距離大喊，震得一群男人東倒西歪。

「那麼奶奶、你記得儀姨奶奶家的小狗長什麼樣子吧！」

隔壁的青玉扔出了問題，但卻沒人了解這句話的意思，完全不曉得青玉是在問誰。

「青玉在說什麼？什麼狗？誰家的？」掏掏被震到嗡嗡響的耳朵，某人納悶詢問。

「什麼奶奶家的小狗，她在問誰？」

眾人面面相覷。

扉空沉默了一會兒，伸手打了一行字再次送出。

「黑白斑點的大型犬，妳被牠嚇哭過。」

「回家的路上，我們常常會經過麵包店……」

「我口袋裡只有十塊錢，所以我們比賽誰先跑回家就可以吃掉餐桌上的餅乾，雙人份。」

「那麼你一定記得那一天……」

扉空的腦海裡閃過黑白的記憶，聚集一堆黑衣人的喪禮、父親開始藉酒消愁的時候、他們離開城市的那一刻……

「不管哪一天，都是雨天，沒有例外。」

寄出信件後，扉空關掉面板，發現對面的波雨羽視線一直在他身上——注視著他，然後淺淺的微笑。

波雨羽應該已經看出來青玉是在向誰問話了吧。

扉空本要說些什麼，但波雨羽的視線卻突然越往他身後，露出呆愣的表情，意想不到的騷動也在同一時刻從扉空後方傳來。

一聲頓地的悶音和男人們的驚呼，腳步由遠而近，步步走來。

順著池裡眾人的錯愕視線，扉空轉身望去，還沒看清楚，一雙手就這麼捧上他的雙頰。手指撥開扉空遮住半面的天藍色瀏海，熟悉的臉龐讓青玉顫抖。

「太詐了，居然這樣子遮住，如果能看見我一定認得出來呀……」

青玉靠上扉空的額，睫毛上沾著些微的水珠。

靠近的距離讓扉空感覺到青玉的呼吸和熱氣，她的髮絲沾黏在頸間，浴巾圍著的身軀可見胸型……

——浴、巾！？

扉空視線移了個方向，看到差點沒吐血，他瞬間從水裡猛地站起，雙手反捧住青玉紅撲撲的臉拉靠上自己的胸前。

護著幾乎快曝光的青玉，扉空對著正站在隔板前一臉漲紅、抹鼻血的男人們環射凶光，威喊：「所有人統統給我轉過頭去！」

眾人一愣，會意到情況後馬上排排站轉頭面壁思過。

扉空轉身瞪著池裡的男人們，大家很配合，在他下命令的時候就已經轉頭面壁，完全沒有任何一雙眼敢繼續放在青玉身上亂瞄，但是不知道為什麼，這些男性獸人的尾巴卻冒出水面意義不明的晃著。

「柊木，你去幫我拿條大浴巾過來，快一點。」

收到命令的柊木童子一愣，抬起趴著的頭爬出水池，跑出浴室，帶著一條足以當披風的大浴巾回來雙手奉上。

「我、我沒有亂看喔，所以不可以跟座敷說。」小男孩紅著耳根，向青玉央求。

「喔、好……」青玉愣愣的答應，隨後浴巾從頭頂蓋下，就像一件大披風蓋住她幾近曝光的身體。

「居然就這樣爬過來，不管怎樣妳總得考慮一下自己的狀況吧！」扉空不認同的小聲訓斥。

「我、我沒想那麼多，只想要快點確認。」青玉吶吶的說著。

「下次再那麼衝動我會生氣。」

「你才不會。」因為了解對方，她才敢無所畏懼的反駁。

扉空無奈的嘆口氣，拉著青玉來到隔板前，對著旁邊面壁的人命令：「全都不准給我抬起頭，誰敢偷看我就……」

青玉拉拉扉空的手，輕聲喊道：「哥哥……」

看著舉出「OK」手勢、頭低低的眾人，扉空屈膝跪蹲，壓低身子，讓青玉踩著他的肩膀到達足以抓住隔板的高度。

小心翼翼的扶著木板撐直身，扉空低頭盯著地板看，直到肩膀的重量消失，對面傳來其他人說「小心點」的聲音，扉空才抬起頭。

無人影的隔板再度冒出青玉的臉龐，青玉喊住扉空準備離去的腳步。

「哥哥！」

扉空抬頭望去。

「等一下我會去房間找你，你絕對不可以跑走喔。」

「……知道了。」

獲得回應，青玉笑著蹬下隔板。

青玉回到女湯的地盤後，扉空也解除禁令，讓大家不用繼續面壁看腳趾頭。

「真是意外，結果居然是哥哥……」伽米加捂著臉，失望一場好戲的結束。

「既然是哥哥，那就不用過五關斬六將，反而是想追青玉的人要小心過扉空這關了吧。」泡在熱池的白髮青年笑道，有意無意的點指一些人。

扉空走到池邊蹲下抱起葛格，隨後往門的方向走去，經過杴木童子身旁時還摸了下他的頭，道：「先走了。」

「等一下！」伽米加問：「扉空，你不泡了嗎？男人的友誼交流還沒結束耶。」

扉空瞧了眼伽米加，拇指比了比隔板，沒多久，女湯區就傳來了物品東碰西撞的聲音，還有一聲「唉呦！」，以及其他女性的驚呼。

「慢慢走，別跑，我會乖乖在房間等妳。」扉空喊完後，朝著張嘴呆愣的眾人點了點頭，解釋道：「她有時候挺慌張的。」

雖然嘴裡那麼說，但臉上鎮定的扉空，內心也是想快點和青玉碰面——用著兄長的身分。

扉空揮了下手道別，正要出門時恰巧與剛進來浴室的愛瑪尼打照面。

「咦！？你要走了？」

「嗯，先走了。」

門板關上，扉空離開男湯。

將視線收回，愛瑪尼看著面露怪異表情的眾人，搔頭詢問：「我錯過了什麼嗎？」

▲▲▲◎▼▼▼

房間裡，扉空用腳尖逗著葛格玩，沒過多久，房門便傳來兩聲敲門聲。

扉空起身前去開門。

門外的青玉遲疑了兩、三秒才跟著走進房，輕輕的關上門。

沒想到扉空就是兄長，這讓青玉還處於驚訝之中，因為她從沒想過兩人相見會是如此，早就近在眼前。

「扉空哥你……真的是哥哥嗎？這不是我在做夢對吧？」

面對青玉小心翼翼的問話，扉空難掩笑意。將手放在青玉的頭頂上，他回答：「《創世記典》不就是個夢嘛！」

睡著之後的線上世界，若說是夢境實體化的結果也不為過。

「這麼說也是沒錯啦……」

青玉握住放在自己頭頂的手，比自己體溫低上許多的手掌讓她瞧了又瞧，雙手移了位置，改抓住扉空的臉認真盯著看。

青玉觀察的表情讓扉空覺得很有趣，也就沒阻止她的動作，任由青玉將他的頭轉東又轉西。當然，能這樣毫無距離的任意觸碰，扉空只能容忍一個人所為，如果是其他人，他肯定會直接一拳招呼過去，毫不留情。

一分鐘過去，青玉鬆了口氣，用力抱住扉空。

「哥哥，終於見到你了！」

緊貼的身軀透露無比的喜悅。

扉空回抱青玉，「嗯，我找到妳了。」

單單兩句話，訴說著自身期待實現的開心。他們都想過很多種相遇的情況，卻沒想到老天會安排這樣的巧合。

「找到我，找到我藏著的寶藏。」

這句話就像昨天才剛說。

其實只靠著在中央大陸的線索，對於找到碧琳，扉空真的沒抱太大的自信。但是現在，老天捉弄的巧合讓他誤打誤撞進入白羊之蹄。

原來打從一開始，他的潛意識裡早就認出青玉就是碧琳，不然也不會在剛見面時就願意和一個陌生人如此的靠近，又細細聽她說了許多話。

他進入公會後與她重新認識，到慢慢確認，許多經歷都像是奇蹟一樣。

青玉拉著扉空坐到床邊，等不及的詢問：「哥哥你早就知道『青玉』是我了吧，為什麼不直接跟我承認呢?要不是今天你們那邊聽到我在講小時候的事情，你都不打算來跟我相認，對吧?」

「我本來是希望妳能自己認出我，只可惜妳好像有點……遲鈍，一直都沒發現。」扉空手指捉弄似的擦過青玉的鼻頭。

摸摸自己的鼻尖，青玉嘟嘴反駁：「我、我才沒有！其實好幾次『扉空』都讓我產生是哥哥的錯覺，但是沒有實際行動真的很難確認……而且這片瀏海實在是太詐了，根本沒辦法完全看清楚你的臉嘛！」

說到最後變成在抱怨，青玉用力將那遮臉的瀏海撥到額頂，理所當然道：「你看，這樣就一定會認出來的呀，是你先要詐的……不過，撇開這不說，你什麼時候發現我就是碧琳？一開始嗎？」

「不，是任務的時候，妳在山邊踩著我爬上懸崖時就開始在猜了，畢竟……和現實相差不遠，都有點笨拙呢。」

扉空回想起當時那抹攀爬向上的背影。自從碧琳不能行走之後，他有一半的時間都是幫她推著輪椅，從背後看她成了習慣，又怎麼會認不出來。

「人家才沒有笨拙呢！」青玉摸著自己的膝蓋，撇嘴抱怨：「很多事情都無法去做這也是沒辦法的呀……」

「我不是這個意思。」扉空握住青玉放在膝上的手，輕聲述說：「並不是行動不靈敏，而是一種感覺，我是在說妳可愛。」

突然被說可愛，青玉有些不知所措，感覺臉頰有些發燙。

她臉紅的別過頭，嬌倔道：「就、就算哥哥你這麼說，我也不會……唔……」

最後的話講不出來，青玉回頭看了眼扉空，寵溺的溫柔視線害她更加不敢直視了，只能在吞吞吐吐之後，雙手一伸再次抱住扉空，將頭埋進兄長的懷裡，手指緊揪著對方的衣物。

「都怪《創世記典》的擬態害我變得怪怪的了……」

——害我臉紅又心跳加速，啊啊、冰精族這種族真是太過分了！

青玉像是撒嬌的抱怨讓扉空噗的一聲笑了，他揉了揉青玉的髮，想起早上在拍片現場發生的狀況，他拍拍她的背，詢問：「妳回醫院之後身體還好嗎？」

也許是覺得因為扉空的視線而臉紅的自己很不好意思，青玉並沒有抬起頭，悶聲的回答從懷裡傳來：「沒什麼，就說哥哥你太緊張了，本來可以看看你拍戲的樣子，但既然我有拿到薇薇安的簽名我就不跟你計較了。」

「沒事就好，明天我會去醫院一趟。」

「不用特別過來啦！」青玉猛然抬頭，對上扉空的視線後又垂下頭，慢慢說：「你很忙的吧……」

「只要趁休息的空檔過去就行了，沒真的確認我不放心。」

不是說他不信，但親眼確認還是比較保險，也安心。扉空心想。

「就說你太緊張了……」

「妳應該知道的。」

青玉愣著，只見扉空將手貼在她的臉頰，那雙眼裡，映入她一人的身影。

扉空認真說：「沒有人比妳更重要。」

將人放入心的真意，她一直都知道，只是……

「哥哥你除了我之外，沒有其他人在你心中？米加哥呢？我覺得哥哥好像很喜歡和他說話呢！」

「我才沒有，那傢伙只是頭思想下流的獅子罷了。」

提到伽米加，扉空突然想到了一件事，他雙手抓住青玉的肩，嚴肅道：「雖然一開始我是打算將我在這裡交到的朋友介紹給妳認識，但現在我改變想法了。碧琳，妳一定要記住，少靠近伽米加那傢伙，說不定妳會變成他下手的目標，因為妳實在是太可愛了！」

最後一句話讓青玉噴氣大笑，她拍拍扉空的手要他放輕鬆，「米加哥不會看到女生就下手啦！而且哥哥你擔心的理由也真是的，一直說人家可愛，小心我真的會喜歡上『扉空哥』喔……」

「如果能喜歡上『扉空』而逃開伽米加的魔爪，或許也是件好事……」扉空思考著這選擇的可能性。

青玉目瞪口呆，錯愕的問：「你說真的還假的！？」

「當然是——開玩笑。」

「齁！你真是的，居然學會開我玩笑。」青玉嘟嘴佯裝生氣，但沒幾秒就破功了，笑著倚靠上扉空。

「這樣我的任務算完成了吧。」

一開始他本來就是因為碧琳的一句話才進入《創世記典》，現在都找到出題人了，也算達成當時的要求了吧。

「還沒呢，才剛完成一半。」

扉空困惑，只見青玉拉著他的手轉身站起面對他，有如親吻般的近距離讓扉空看見了那雙漂亮眼眸裡映著的倒影——帶著寵溺笑容的自己。

手指撫上側髮撥至耳後，青玉靠上扉空的側臉輕聲道：「你只找到了我，但還沒找到我所藏著的寶藏，那時候說過了呀，找到寶藏才算遊戲結束。」

「……那麼，闖過第一關總該再給個提示吧。」

他認可遊戲的繼續進行，都能靠巧合找到了人，那麼也能靠運氣輕鬆找到最後的謎底吧。

「提示嘛……」青玉食指抵著下脣，思考了一會兒，最後移到扉空的嘴脣上靠著，像是在朗讀故事般的說道：「只要哥哥你願意聽著、看著，別被自己的話語牽著跑，那麼很快就會找到的……我所藏著的寶藏。」

玄機般的話語讓扉空不解，但看見青玉一臉有趣的樣子就不便打擾她的興致。反正他無所謂，就當成打發時間，畢竟他已經找到了人，寶藏的必要性其實也不是那麼的高，只要能在這裡多出許多和她相處的時間就好了。

▸▸Loading...

第六伺服器

# 大笑課程，哈、哈、哈、哈、哈！

Create Dream Online

公會大廳裡熱鬧喧譁，所有人注目的焦點全在中央顯示的巨大字帖上。

《創世記典》每一年都會舉辦一場大型玩家競技比賽，每年的項目沒有特定的規則，時間只定在秋冬之際，沒有特定日期。

現在，官方公布了今年，也就是第三屆創世大賽的日期——現實日期十二月一日午夜十二點。

比賽日期公布後，直到開賽前一天都可以進行報名，現在白羊之蹄的眾人正高興有個摩拳擦掌的機會，因為這次的比賽波雨羽終於點頭讓他們去參賽了。

「雖然參賽隊伍並沒有公會、城鎮的限制，但要是派太多組，到時候大家互相碰到也沒辦法盡全力下手，所以我決定派一組就好了。」波雨羽站在中央木箱上，說出自己對於本次參賽的定論。

「一組！？這樣不就……」

四周左右的人面面相覷。

這次比賽的限制一組是五到八人，如果只派一組，那不就是兩百多人挑八人？那其他沒被選中的人就失望了吧。

波雨羽點頭，「嗯，包括我，全公會挑六個人出賽。」

「會長你也要出賽！？真的假的，你不是都不玩這類東西的嗎？」前方某人訝異道。

看起來比起挑中機率過低而失望，波雨羽的參賽更讓人驚奇。

要知道，他們白羊之蹄不愛出風頭的隱性格全歸於波雨羽，這種展現自身威能的場面，波雨羽本來就極少參與，連任務的挑選也是如此，所以才把公會弄成人人稱之的隱式強大。

如今，波雨羽居然自動報名，而且還不是普通的小比賽，是一年一度的創世大賽！波雨羽到時肯定是必須在所有玩家面前正式展現自己的武力，連傳聞中的落櫻一定也是戰相隨，原本保持的神秘絕對會瞬間變成特顯眼。

此一決定比參賽更讓眾人嘖嘖稱奇，嚷嚷著公會會長轉性了。

「不過就是覺得這一次的比賽應該會很有趣，想下場去玩玩而已。」波雨羽單手扠腰，併攏五指彎了彎，「所以想參加的來找我報名，我會從名單中挑出隊伍的成員。」

「喔喔喔，我要參加！」漢子大叔毫不放過這次的機會，搶第一自薦。

「我也是！會長選我選我！」另一邊的鼠族青年也跳著高喊。

「我早就期待和會長組隊了，這次我一定要搶到名額！」人群之中，一名綁著包包頭的盜甲少女雙手握拳，小聲下決心。

除了一些對比賽沒興趣想當聲援團的，幾乎所有人都拚命舉手向波雨羽報名。

「扉空，我們也去參加吧！」

扉空將杯子放在吧檯上，連同椅子一起轉身面對興奮的伽米加，興致缺缺的說：「不要，很麻煩。」

五個字說明扉空完全不想參賽的意願，但伽米加不死心，指著人群裡正靠著「白白」讓自己高人一等，拚命朝波雨羽狂揮手的雙胞胎道：「你看，座敷和枒木很熱衷呢，你應該也要多多參加這種活動，當作和人玩玩遊戲，戰場是培養男人友誼的最佳地呢！」

——之前說是澡堂，現在又說是戰場。

扉空暗暗翻了個白眼，「我看你不管是哪裡，都是培養男人友誼的好地方吧你！不幹，要玩你自己去。」

「誒，別這樣嘛～如果表現好的話，也會讓青玉留個好印象啊！」伽米加右手搭上扉空的肩，遙望二樓的窗檻，左手高舉想像道：「妹妹眼中的威武哥哥，看，多麼的美好、多麼的浪漫，多麼好的機會呀啊啊啊啊啊痛痛痛痛痛……」

抱著自己被拔了一小搓毛的右手猛吹氣，伽米加抱怨了聲：「真是不合群。」

吹掉兩指間的褐色毛髮，扉空挑眉，不耐道：「和人團體活動本來就不是我的擅長項目，要我當加油團就算了，但若要我去參加那種連題目都不知道，有可能得和人打打殺殺的比賽，抱歉，我沒辦法。」

他到現在可都還沒忘記當時被炙殺弄到生不如死的感受，線上遊戲的比賽能有多溫柔？若真是對戰，他連殺人都無法，就等著被人殺吧。

「你該不會還在想著之前的……」

「沒有。」

直接否定的態度讓伽米加確定想法，扉空根本就沒忘記當時炙殺的殘忍。不過想想也是，嘴裡說原諒，但心裡想忘也沒那麼簡單。

伽米加拉開旁邊的高腳椅，悶著頭坐上。他向蒂蒂拉點了一杯檸檬汁，一口氣灌下，酸溜溜的口感讓伽米加的臉部表情出現些微扭曲。連冰塊都咬碎吞下，伽米加托著下巴。

「那這樣吧，我陪你一起當加油團。」

扉空晃了晃平口杯，透明的液體在杯內搖晃，細小的氣泡螺旋向上。

「你想玩就去玩，不用每件事情都要陪著我。」

「不可以，要是你被青玉搶走了怎麼辦？」伽米加表情哀怨外加獸眼水汪汪，但嘴巴想學著嘟起卻無法，反而變成鼻子拚命聳動的滑稽表情。

扉空眉皺如梅，一臉嫌惡的說：「你跟青玉爭什麼寵啊！」

「人家是妹妹，如果我不積極一點，你就會整天都和青玉黏在一起，不和我們玩了。」

「這是什麼小學學童的忌妒發言，你發燒了嗎？」手背直接拍打伽米加的額頭，等到扉空意識到自己居然在無意識下順手做出這種朋友間的打鬧動作，尷尬了會，縮手放回杯子上，默默的喝了一口水。

伽米加摸著額頭，不怒反笑，這次叫來一杯蘋果汁喝著。

「扉空。」

「幹嘛？」

「你真的把我當成朋友了吧？」

露骨的問話讓扉空一時反應不過來，隨後他拿起水杯喝著，邊發出模糊不清的回答：「咕嚧嗯咕……」

「我聽得出來你是承認了。」

有些話其實真的不必說出來，放在心裡知道就好。扉空別過頭，低低說了聲：「囉唆。」

這才是扉空，口是心非的代表，不過傲嬌程度有些低降這點是挺可惜的，不然每次看他的反應真的都會覺得很好玩。伽米加樂樂的想著。

「扉空，你有沒有想過辦個網聚？」

伽米加的突兀問話讓扉空有些反應不過來，他納悶的問：「網聚？」

「就是網友的現實聚會啦！你想想，可以約杴木和座敷、荻莉麥亞、白羊之蹄的人……喔，對了，你和波雨羽是小學同學嘛，可以一起約出來見面聚聚、吃吃東西之類的，就像同學會那樣，很好玩的。」

扉空思考著這方案的可行性。想想他中學讀不到一年就帶著碧琳離家出走，還跑到遙遠的

A市來，很多同學的臉龐其實都變得很模糊，也有些記不得他們說過什麼話，或者是不是曾經一起玩耍過什麼。同學會這種活動聚餐，他確實完全沒參加過，畢竟人都跑了，要聯絡哪有那麼簡單。

但若是這些遊戲裡認識的人在現實辦個聚會，以他現在的身分也不適合參加吧。

他連對伽米加都自認是唱跳舞者了，「歌手科斯特」這還真的說不出口，誰知道說了之後會發生什麼事？而這些人私底下又是什麼樣的性格也沒辦法下定論，有些人現實一個面，但在網路上又是一個面，藝界前輩被信任之人的口出流言弄到只能閉關的，他也不是沒看過。

──科斯特……還真是個讓人不知如何是好的身分。

以前無所謂，但現在扉空卻苦惱了起來，因為許多平常人可以輕易做到的事情他都沒辦法去做。

左思右想，扉空只能悶悶的回應：「網聚不適合我，工作時間也不一定，有點難處理。」

「應該沒什麼關係吧，不然你可以給個你有空的時間，我去幫你招攬參加人員。」伽米加豎起大拇指，一副包在他身上穩妥當的樣子。

只可惜這次不是扉空掃興，而是他真的不確定相聚之後會有什麼後果。

好，就算撇除他自己本身的利益損害，但要是某些愛玩追蹤的記者將目標轉移到這些出來聚餐的人，會造成他們的困擾吧？

波雨羽也有自己的生活，不會喜歡這種被人追著問東問西的日子，要是給他帶來困擾，怎樣都說不過去。

至於伽米加……雖然他的性格和職業實在很不搭，但是作家應該也喜歡安靜的環境。

杦木童子和座敷童子也是，要是那些討人厭的記者連小孩都要騷擾……

還有荻莉麥亞，他也不希望她因為他而被破壞了原本的正常生活。

「咦咦，你們在聊什麼啊？」

突然出現的聲音打斷扉空的思緒，青玉插入伽米加與扉空的中間，拿起蒂蒂拉剛放上桌的氣泡酒，睜著好奇的眼雙邊觀望。

「青玉妳來得正好，我在跟扉空討論網聚的事情，妳覺得如何？大家在現實碰面聚餐。」

「耶？聽起來好像很有趣呢，哥哥就去參加吧！」

青玉的勸說並沒有讓扉空鬆口答應，他手指撫著杯緣，道：「妳知道我沒什麼時間，而且……」伸手握住青玉的手將她拉傾身，扉空靠在她的耳邊，為難的小聲說：「妳知道的，我現在的身分不是想做什麼就可以隨意去做。」

青玉一愣，凝重思考道：「對齁，差點都忘記了……不過真的很可惜，畢竟是那麼好的機會可以和大家在現實中見面……」

青玉環顧場內的其他人，咬著脣，露出苦澀的笑，「對不起，哥哥。」

扉空搖搖頭，要青玉別說對不起，因為她並沒有對不起誰。

「你們在講什麼，故意這麼小聲。」伽米加探頭詢問。

「沒什麼。」

扉空離開椅子，抱起貼在椅腳啃著不知從哪抓來的棒棒糖的葛格，放在桌子上，向蒂蒂拉點了一盤水放在葛格面前。

葛格嗅了嗅，伸出小舌頭舔了下，甜甜的味道讓它露出驚訝的表情，最後整個身子窩在水盤邊，歡喜的抱著棒棒糖，一邊吃糖、一邊舔水。

——這樣子還真像隻小狗。

扉空笑著心想。

以他來說的話，他倒是滿喜歡柴犬這品種，尾巴的毛髮不用摸，看起來就是溫順的軟，小小的很可愛，而且也挺忠心的。

扉空順著葛格的毛髮摸了摸，交代伽米加幫他照顧寵物後，便拉著青玉順著旁邊的走道繞到人群的尾端。

未關的大門可見大廳外的夜景。

中央的木箱，明姬從左邊踏上箱面，接過波雨羽手上的登記表，說了幾句話後便接下波雨羽原本的工作，從包包裡拿起專屬的水鑽筆，指向那些舉手的人一一劃著勾形，天頂顯示的放大說明書立刻變成報名表格，用著一秒一位的速度列出報名的名單。

「不愧是明姬，速度快多了呢。」

「如果像你這樣一個一個寫，我看寫到大賽結束你都還沒寫完。」明姬毫不留情的送上白眼。

波雨羽順手搭上明姬的肩，哈哈笑道：「所以公會有妳真的是太好了！不然我都忙不過來。」

明姬冷冷的瞧了眼左肩上的手，手指一捏，掐上對方拇指與食指連接的穴道位。

一陣痛麻竄上波雨羽的腦門，他微笑著縮回手揉了揉。

「是你沒用腦袋。」

筆尖直指波雨羽的鼻頭，明姬踮高腳尖，像個高傲的公主，語氣冰冷卻帶柔情，道：「所以你才需要我。」

就算同為學校的同班同學，但嬌小的她很不起眼，雖然有朋友，卻不是深交的那種，頂多只能聊聊天，無法說太多秘密，因為她曾經聽過與她談心的那人，在私下與其他人講述她只說予她一人聽的秘密……

信任往往會變成別人背後的笑柄。

就任何層面來看，她能做到的事情太有限，但波雨羽卻不一樣。

在學校裡，不管是哪個團體他都能相處融洽。他不像她，她在女同學裡也很矮，所以就會變得突兀，但身材高䠷的波雨羽在男同學裡就不會有這種困擾。

真羨慕，這個人。有時候她不免會這樣想，不管在哪裡都吃得開的波雨羽，和雖然與同學們相處看似融洽、實質卻隔層冰的她，真的讓她好羨慕。

他們除了期末交作業本，其實並沒有什麼交集。

在《創世記典》裡相遇，是她完全沒料想過的事情。

她在路上吃個魚丸卻被經過的青年直接詢問是不是現實的「陸筱詩」，到拿著一雙增高靴出現在她面前，說著要她加入他新創立的公會的豪語，這讓她重新思考起學校裡那受人歡迎的傢伙其實是笨蛋的可能性。

有人會有求於對方還往那人的痛處戳嗎？

但偏偏看見那張笑臉就怎樣也踩不下去，因為她到現在還穿著他當初送的鞋。

「是不是該換了？」看著雙腳上的厚跟娃娃鞋，明姬踮了踮。

「嗯，妳想要換鞋？有看中哪一雙嗎？」

「做什麼，會長要送年終禮物給會計？」明姬挑眉，壓低身子坐在木箱上，一邊勾點著報名人選，一邊道：「如果是賄賂就免了，我不會因為這樣就把你的薪水多加一點。」

波雨羽跟著坐在明姬身旁，失笑。

「有必要說得好像私下黑關係的中年企業嗎？我們是遊戲裡的普通公會而已，而且我是那種會因為薪水不足就搞賄賂的人嗎？」

明姬並沒有回話，只是輕哼了聲。

她當然知道波雨羽不是這種人，他的個性有多正直她都知道，因為……她一直看著他。不過，多半也只能看著他的背影。

腳跟敲了敲木箱發出規律的節奏，明姬看著自己伸直的腳，喃喃：「如果可以再長高一點就好了。」

聽進明姬低喃的波雨羽噗嗤笑了，手肘撐在縮起的右腳，托著下巴看著身旁的少女，「長高點可不見得是好事，妳這樣就很好了，可以做很多個子高的人做不到的事情。」

「比如呢？」明姬注視著自己潔亮無比的鞋頭。

波雨羽豎起手指笑著說：「天花板砸下來絕對不會先砸到妳。」

手指探過耳際將亂掉的側髮撥好，鑽筆勾完最後一個人，名單上的表格也全部填滿，明姬縮回雙腳，撐著箱面站起。

「但也要前提是那高個子不會在看見天花板掉下來時瞬間蹲下。」拍拍側邊的裙襬，明姬開口對著眾人道：「好了，報名完成，等會長挑選完名單後會再正式公布。」

「會長加油囉！」

「麻煩你了，會長！」

「會長，記得一定要選我喔！」

眾人熱鬧喧譁。

「一百二十六個人，還真是個壯觀的人數呢，這樣可難選了。」波雨羽望著螢幕顯示的報名人數，摩娑著下巴，一臉嚴肅。

「少來，你心中早就已經選定人選了吧。」

誰不知道波雨羽的腦袋轉得快，他一開始開放所有人自薦，但其實心裡早就已經想好要挑誰了。

波雨羽食指抵在嘴脣，眨了眨右眼，「我可沒有喔，是很公平的在挑，若是我想要的人選沒有參加比賽的意願，我也不會勉強。」

「還真是個狡猾的人呢。」明姬推了推鏡框，傘頭直指波雨羽心窩，眼角瞥向遠處門邊的身影，「比起你那失聯許久後又重逢的摯友，我可是比他還要更了解你，就某個點來說，你是挺自私的人呢。」

波雨羽摸著後頸，面帶坦然的說：「這點還請妳別跟扉空說，要是把好不容易找回來的朋友嚇跑了，我可是會很困擾的。」

傘頭朝下一甩，明姬摘下眼鏡，稚氣的臉龐帶著成熟的眼神，那雙眼直盯著波雨羽，似乎是想看透些什麼，但對方難以捉摸的本性她也不是不了解，她看了許久卻還是無法看透那眼裡藏著的一絲想法。

雖然波雨羽看起來在各處都吃得開，但一直從背後望著他的她，卻在不經意的一刻曾經看過這人隱藏的黑暗——像是蜘蛛網般的纏繞住敵人，然後緩慢優雅的啃蝕殆盡。

明姬不顯眼的抿了下嘴，走過波雨羽身後。

「我真的搞不懂我自己為什麼要一直看著你，明明你一點都不帥。」明姬發出像是抱怨的嘟囔，重新戴上眼鏡，撐轉著花傘走下木箱。

「最後那句話就可以免了吧。」波雨羽搔著頭，低聲說完，重新轉身面對木箱下的人群，朗聲道：「那麼各位，我會慎重挑選的，敬請期待吧！」

在人群尾端的扉空看著波雨羽宣示完，眾人也跟著爆出如雷的附和。

青玉跟著三步兩跳的揮著手，讓自己也能融入這熱烈的氣氛裡。

「青玉。」

青玉停下跳動，笑道：「哥哥你真的聽話叫我青玉了呢！就是這樣沒錯，在《創世記典》裡要稱呼我為『青玉』，不然就不像遊戲了。」說完，青玉偏頭問：「什麼事？」

那雙古靈精怪的眼，讓扉空忍不住出手揉著那在頭頂聳動的兩隻耳朵。

絨軟靈動的觸感就像真的動物般，不管摸幾次還是很奇特啊這種感覺……

「沒什麼，只是想問問妳對這個公會有什麼想法。」

許多人聚集的地方，上下一條心又相處融洽，波雨羽他創了一個不錯的公會，而且巧合的讓青玉加入，青玉也曾經說過她很喜歡這個地方……

畢竟這裡比起醫院的病房，實在是好太多了。

在這裡她可以有人陪著聊天，暢所欲言。

「什麼想法……？」

青玉指腹靠在下唇，豎耳細心的聆聽著所有人的歡呼、交談、走動，每一種聲音在她耳裡都像是獨特的樂器融合而成的一首曲子。

她不知道自己對這公會有何種想法，她只是單純的喜歡這裡、想待在這裡，若真要指出一個點的話，那大概是……

青玉環指大廳，微笑道：「哥哥你看，這裡的人都很開心，對吧？」

每個人的臉上都帶著笑容。

在公會裡，她鮮少看見別人的臉上帶著苦慘的表情，因為就算再怎麼難過，只要進到公會裡，看見這麼多願意傾聽、耐心陪伴自己的人，淚水也會變成笑容。

「其實大家生活上多少都遇到了一些困難，但是這裡的人卻很樂觀的看待未來。或許哭泣能讓心情好一點，也許發洩能讓憤怒減輕，但是會很累的吧……」青玉將手放在胸口，緩緩的輕聲道：「心的地方，會感到疲累。不論哭了多少次，不論去傷害什麼東西來達到發洩，痛苦的事情還是會在發洩完之後又浮現，那麼每次想到每次就會哭泣，會越來越累。」

除非是個性堅強獨立，能夠看透那些事物，將悲傷的淚水和憤怒化為動力……但那些總是讓悲傷綑綁、面臨崩潰的人，又該怎麼辦？

「所以啊，我們公會很有趣呢，每個禮拜都有開設『大笑課程』的教學教室。以前不是在提倡每天大笑三十分鐘會讓身體變得輕鬆，心裡的憂鬱也會隨著笑的動作被驅離身體嗎？想哭的時候就大笑，憤怒生氣的時候也讓大笑來取代發洩，一開始做起來或許很困難，但是久了之後真的發現，比起哭鬧，笑一笑真的輕鬆很多，而且也比較不會去在意讓自己痛苦的事情。」

「大笑課程？」扉空露出困惑的神色。

「對啊，就像這樣。」青玉手扠腰，深吸一口氣，從丹田發出強而有力的五音：「哈、哈、哈、哈、哈！」

「噗！」

「哥哥，你笑什麼呀！快跟我一起做啊，很有用的呢，差不多五、六次之後就會笑到停不下來，而且有節奏的呢！哈、哈、哈、哈、哈哈哈哈……」

這不就是要讓人笑嘛，怎麼他笑了還被唸呢？扉空無奈的搖了頭。

不過，青玉這樣節奏性的大笑法，不知道為什麼他總覺得有點滑稽。不忍說，還真讓他有些想笑。

「喔喔，青玉妳在大笑課程呀，我也要加入！」天戀一口吃掉盤上的蛋糕，將空盤隨便放在角落的木箱上，快步跑到青玉身旁，雙手扠腰，節奏性的加入大笑行列。

雙重笑聲果真雙倍響亮，連水諸都被吸引著加入，不過他始終跟不上那活力速度，就如他的個性般慢慢的笑著。

最後連座敷童子和杦木童子都被吸引，駕著大白兔偶前往加入。雙胞胎一蹬地，手拉手像跳舞般一邊「哈」出童謠的旋律。

白兔靜靜的看著，突然發出一聲低低又悠飄飄的「哈」，讓旁邊的人紛紛豎起寒毛。

——能哈得這麼像鬼也算是奇葩了。

「喔，那邊好像挺有趣的呢。」站在椅子上朝門處觀望的伽米加一把抓起正在打飽嗝的葛格，

「走！帶你找主人去！」

「啾！？」還沒反應過來，葛格就看見那盤水遠離自己，被伽米加抓著擠進人群了。

站在二樓走廊的荻莉麥亞看著樓下發出奇怪哈哈笑的人群，無法理解。

「那裡在做什麼？」

「是大笑課程吧。我們公會裡的玩家開設的課程，宗旨大概就是……笑一笑有益身體健康。」愛瑪尼豎起食指說完，遞出一支乳白色的霜淇淋，「吶，給妳，不過女孩子還是少吃冰品比較好。」

接過霜淇淋舔了一口，又甜又冰的感覺讓荻莉麥亞的表情融化不少。

「等在現實世界的時候再來說吧，這裡又不礙事。」雖然是擬真遊戲，但這裡的女性角色可不會有生理期，這是荻莉麥亞覺得最滿意也最開心的一件事情。

「那什麼時候要跟我在現實中約會？」

「不是現在就對了。」

馬上就被打槍讓愛瑪尼重重的磕在扶欄上。

本來以為給上喜歡的食物就能降低荻莉麥亞的戒心，誰知道根本不管用。

——唉……好想跟她約會呀……

愛瑪尼心裡哀怨吶喊。

樓下的大笑集團人數還在增加中，站在樓梯口的明姬看著坐在木箱上眺望大門方向的背影，波雨羽的視線落在門邊被人團團圍住的扉空身上。

一群人在眼前哈哈哈哈哈的笑著，就算再怎麼不動如山，也會有崩山的一刻。扉空掩著嘴，有股衝意哽上喉嚨，但又被他吞了回去。

「青玉。」扉空空出手，晃了晃食指，示意她別再繼續「哈」下去了。

豈知青玉見這時機好，趕緊招集人馬圍住扉空。

三百六十度全是在那哈哈笑的聲音，扉空硬是忍著的臉出現了僵硬的扭曲。

「讓讓！大家讓讓！」

一道光輝破開群眾而來，伴隨著叮叮噹噹的聲音，遠在古埃及金字塔才會出現的傳說神獸現身了。

穿著誇張服飾的伽米加讓扉空拚命掩壓的嘴裡出現「哈哈」兩個音。發現自己終於忍不下去後，扉空奪門而出。

「喔耶！哥哥笑了呢，大家好棒喔！哈哈哈哈哈——」青玉高聲歡呼。

「哈哈哈哈哈——」眾人相互擊掌。

「多虧了伽米加，這套服裝真是太棒了！和《遙遠的阿奴卅》的服裝一模一樣呢！」天戀雙眼閃閃發光，仔細盯著那衣服上的繡花看，可想而知，那應該又是哪部令她傾心的動漫了。

「這沒什麼，我還有這個呢！」

伽米加叫出一頂軍帽翻玩著，爪尖敲敲帽頂，一堆繽紛的彩帶噴出。

「喔喔喔喔喔！是魔術呢！」

眾人嘖嘖稱奇，紛紛叫伽米加再多表演些。

伽米加發現自己曾經受傷的心靈在此刻受到了撫慰，因為他這身衣服和帽子可都是曾經讓扉空鄙視到底的。

——白羊之蹄……真是群好人啊！

▲▲▲◎▼▼▼

扶著圍籬，扉空仰頭喘氣。

「哈哈……哈……哈……」

青玉實在是太過分了，居然故意衝破他最後一道防線，讓那麼多人當她的打手，害他到最後根本無法忍住笑意，一路笑著逃跑真是蠢死了。

不過就像青玉說的，笑一笑，身體確實感到輕鬆了不少，連冰精族的他都覺得身體有些熱了起來。

拉開衣領，扉空手做扇子搧了搧風，摸著臉頰，是發燙的溫度。

從大廳透出的光影順著石梯拉成斜角的形狀，星空之下，光影的尾端變成了漸層，門口內的人不知道圍繞著誰，像是在開心的跳舞，偶爾還有幾張碎彩紙飄出，緩慢飄落，靜躺在灰亮的梯面。

「真的很開心呢，這些人。」

他也曾經想過，如果能融入像這樣的人群裡生活，那麼他所看見的事物會不會變得不一樣？想笑就笑，想哭的時候就有人陪伴，永遠都有支持著自己的那股力量。

「什麼時候變得這麼多愁善感了。」

輕敲自己的腦袋，扉空抬頭眺望公會之地的夜空，與外面的狩獵地一樣，除了最亮的北極星，還有幾個冬季可見的星座群。

一顆流星劃過天際，光亮倒映在他那金色的眼眸裡。

扉空想起了他在金色花園裡遇見的男孩，男孩說他真正想要的並不是碧琳能夠再次站起。那時的他，怎麼也想不通對方的話。

但是現在，他好像有那麼一點點……察覺到那句話的意思。

當他想要兩邊都握住的時候，就證明了在天秤上碧琳和這個世界是等價的，所以他哪邊都無法捨棄，無法放下。

「妳讓我看見的這個世界……如果也能保護就好了呢。」

扉空的笑容背後所隱藏的是淡淡的哀傷與惆悵。

「但是不行吧，兩邊都握住的話……」

想要得到，就必須有所捨棄。

在大家面前笑得如此開朗的青玉，他又怎麼忍心將她所喜愛的這個地方摘除。

再等一等，應該沒關係吧……再讓她多獲得一點回憶，到時不管要他付出什麼代價都沒有關係，只要再讓她和那些人能夠多一些開心的相處……

揪著裙襬，扉空默默的祈禱著，祈禱時間可以過得緩慢，可以不要讓他親手摧毀這座樂園的那一天這麼快就到來。

寧靜的夜空含著蟲鳴，但這股和平沒多久就被突兀的打破，鞋跟與地面碰撞的聲音響起，還有盔甲鐵鞋磨擦的聲音。

夜晚的公會又會有誰到來？大家應該都在大廳裡了才是，那麼……

扉空抬起頭，順著聲音望去，在大道中央被當成來往傳送地的地方出現了一道紅光的傳輸陣，而陣裡有三個人。

身穿護甲的平頭男子。

身著金色緊身禮服的黑髮女子。

還有，身穿草色套裝身揹寬劍的男子。

「喔，是白羊之蹄的人嗎？」黑髮女子「蝶兒」向扉空投去目光，木製的折扇啪地打開，遮掩揚笑的鮮豔紅脣。

扉空抓著圍欄起身。

直覺告訴他，這三人並不是公會的人。那麼他們又是如何進來這裡的？公會地不是只有公會會員才可進入的隔離性空間嗎？

「看起來，公會大樓是在那裡吧。」盔甲男「亞斯基亞」望向前方正傳出陣陣笑聲的建築物說道。

「你們到底是……？」

扉空問話還未止，身著草色套裝的男子便邁步來到扉空面前。

比扉空高出半頭的身影遮住月光，金眸裡的光亮被陰影籠罩，戴著邪婪笑意的臉龐與記憶中的回憶重疊，不知不覺，扉空的手腳彷彿被手爪般的黑影纏繞，指尖逐漸爬上麻冷。

「誒，挺漂亮的嘛。」

祥白林低頭，月光順著他的動作再度灑落在扉空的臉龐上，祥白林手指擅自撥起扉空遮掩半面的瀏海，但也在下一秒被扉空掐住手腕制止了不禮貌的舉動。

扉空沒有說話，但雙眼卻死瞪著祥白林，帶著無法吞忍的怒火。

祥白林臉上的輕浮笑容出現了僵硬。

扉空用力甩掉對方的手，轉身直往公會大樓走去。

「我們是來委託任務的，你可別一開始就得罪人了。」蝶兒搧了搧扇子，不耐煩的輕斥。

亞斯基亞走到祥白林身後，看著不太對勁的同伴，問：「祥，你和他認識？」

祥白林從思緒中抽回神，撥了下鋼灰色的髮絲，眼裡出現了有趣的笑容，「啊，好像是呢。走吧，去拜見白羊之蹄的會長，完成城主交代的任務吧。」

▶▶Loading...

第七伺服器

# 該死的，罪源之人……

Create Dream Online

波雨羽坐在木箱上，聆聽著突然拜訪公會的客人的訴說。

來自東方大陸「八陵城」的委託，希望白羊之蹄公會可以支援人力，與他們所組成的隊伍去完成「第七軍塔」的攻塔任務。

而前來拜訪的分別是：八陵城第一軍團長祥白林、八陵城第三軍團長蝶兒，以及第一軍團副長亞斯基亞。

說完拜訪理由的祥白林做出總結：「總之就是這樣，希望白羊之蹄可以答應我們的委託。」

「雖然我很想幫忙，不過你們也知道創世大賽馬上就要舉行了，我怕到時挑選出來的人員你們會不滿意。」

《創世記典》的團體任務裡，第七軍塔是屬於SS級的複雜任務，塔裡的樓層是未知數，只知道每一層樓都有不同的挑戰，有迷宮、危機躲藏、BOSS攻打。

曾經攻破第三軍塔的某城軍隊就花了百天的時間、重來好幾次才攻破，更別說比它等級更高的第七軍塔。

何況比賽在即，能力較好的肯定被選為參賽隊員，其他人雖然實力也不錯，但對於要攻破第七軍塔來講，波雨羽也沒把握，畢竟裡面的未知數過高，若是任務一時之間完成不了，對被拖著的人也是抱歉。

「這點請不用擔心，我們攻打第七軍塔是在創世大賽後再進行任務，畢竟我們也打算參加創世大賽。」

「這樣說來我們會先是敵人囉？」波雨羽摸著側鬢，挑眉。

「如果能，我們會希望比賽後大家是盟友。」祥白林露出意味不明的微笑。

「意思就是之後若白羊之蹄有任何難題，八陵城都會提供幫助？」

「除此之外，第七軍塔戰利品的一半屬權也歸白羊之蹄，我們八陵城再奉上五百萬的委託金。」

除了一半的戰利品外，還有五百萬，這真是個吸引人的委託任務呢！但比起這些東西，還是得看有沒有人願意參與。

波雨羽跳下木箱，來到祥白林面前。

「我需要一點時間來思考，三天後給答覆，可以嗎？」

「應該的，第七軍塔也不是簡單任務，就算是白羊之蹄也需要好好考慮可行性。」

還真是刺耳的話呢！波雨羽抬眼瞧向二樓走廊的愛瑪尼，只見對方掏了掏耳朵，吹走指頭上的髒汙，右手放在頸前做出橫劃的動作。

看起來愛瑪尼對這位叫做祥白林的人觀感不佳。

「既然白羊之蹄要三天的考慮時間，那麼我們應該也可以提出在這裡住上三天等待回覆的要求吧。畢竟進來就要耗費一張89金（注：點數幣）的拜訪符，有些不划算呢。」

「這倒沒什麼問題，但要住在白羊之蹄的領地，還請各位遵守我們的規定，某些地方除了白羊之蹄的相關人員，一律不得進入。」事先聲明完，波雨羽喚來明姬，讓她在宿舍安排三間客房給八陵城的訪客。

「對了，還有一件事情。」祥白林擅自越過波雨羽跳上木箱，手掌靠在眉上張望，看到所找的目標後吹了聲口哨，他向波雨羽要求：「那一位，可以介紹給我認識認識吧？」

順著祥白林的指尖望去，圍觀的眾人開始紛紛讓出一條路，只見在道路的盡頭站著的是伽米加、扉空還有青玉。

「兩邊的不是，我說的是中間那位藍髮的，能和你認識一下吧？」

張狂的絕對凝視，祥白林自以為是的姿態其實讓一些人心中頗不滿，但波雨羽沒說話，其他人也就不好說些什麼。

「扉空，他怎麼指名要認識你？該不會他也把你當成女性了吧？」伽米加打趣的問話並沒有獲得扉空的吐槽，等到伽米加發現不對勁，仔細一瞧，才發現扉空正緊握拳頭，眼裡充滿的是凶狠的怒意。他從沒見過扉空露出這種表情。

「哥哥，你認識那個人嗎？我……不是很喜歡他，感覺他有點……」青玉不知道該怎麼形容那股感覺，總覺得這個人注視扉空的眼神讓她很不舒服。

「不自我介紹一下嗎？」祥白林挑釁的喊聲再次傳來。

扉空緩緩鬆開幾乎掐出血的拳頭，抬頭看了祥白林一眼，就在祥白林露出微笑的同時，扉空輕藐的撇開眼，轉身離開大廳。

祥白林笑容瞬間僵硬，嘴角緩慢垂下，狠狠咬牙，背後寬劍「泰阿」一抽，硬生生插進身旁的木箱。

▲▲▲◎▼▼▼

連月光都照不進的黑暗巷道傳來了急促的奔跑聲，人影撞倒轉角的垃圾桶，被阻攔的步伐頓了一下後又繼續奔跑。

三道腳步聲追逐在他身後，心跳和呼吸震動耳膜，他抓著牆壁踏往左邊的巷道，沒想到錯誤的選擇卻將他逼進死路。在他回神之際，後方追逐的人早已貼上後背，頸部被從後探出的手肘環繞勒制，鼻間竄進的是令人作噁的濃重香水味。

頭髮連同瀏海被向後扯，月光毫無遮掩的照亮如女人般的漂亮臉龐，也讓他看見對方不懷好意的邪佞笑容。

「一個人怎麼跑得贏三個人，早點聽話不就好了。」

那道聲音就像從對方身上傳來的刺鼻古龍水一樣，低濃得讓人受不了。

被勒緊的喉嚨讓他喘不過氣，他無法思考其他事情，只能想著該如何逃走，但下一秒，一股力量重創背部使他只能趴倒在地。

他想爬起來，卻被另外兩人壓制住。

雨水一滴滴落在水泥地上，過長的頭髮濕黏貼頸，無法動手的他只能用著眨眼來躲避雨水落入眼內。

他聽見那些人的笑聲，遮耳的髮絲被輕柔的撥至耳後，剛剛的聲音近在耳際，低低的、輕輕的喃語：「如果是這樣，你就會看著我了，你的眼裡會真正存在著我的身影，對吧？」

顫慄的感覺沁入心裡，他從未有一次如此憤怒與害怕。

他大喊「救命」卻被布團塞住嘴，最後只能發出如哽噎般的低唔。

他死命的掙扎反抗，卻被壓住了手腳。

大雨之下，水面的倒影讓他看見那靠近的陰影，他感覺到衣物被揪得死緊……

▲▲▲◎▼▼▼

晨光之下，趴在桌上睡著的扉空緩緩睜開眼，好不容易清醒，才意識到門外正傳來敲門聲。抹了抹臉，扉空起身前去開門。

枕木童子正站在門口抬頭望著他，「扉空哥，早安。」

扉空抹掉臉上殘存的睡意，先回了聲早，接著問道：「找我有事？」

枕木童子有些扭捏的左動右晃了一會兒，拿出藏在身後的物品高高舉著。

「這個給你吃，扉空哥。」

那是一個用紙袋裝著的三明治，只是蔬菜和肉片的削邊都切得有待加強，三層包物也不平均，賣相並不是那麼好看。

「這是……？」

「剛剛明姬姐教我們自己包三明治和泡奶茶，這是我和座敷包的。米哥本來也有包一份要給你，不過被經過的羽哥吃掉了。」

「伽米加嗎？」那個動物手爪真的能包三明治？扉空很懷疑。

不過比起懷疑，他更擔心波雨羽吃下去會不會拉肚子，畢竟有毛的動物不是都會有些……蟲子。

枕木童子點頭，從另一邊再掏出一杯紙盒奶茶，「所以米哥就泡了奶茶，讓我帶來一起給你。」

接過三明治和已經插上吸管的奶茶，扉空道了聲謝，隨後詢問大夥兒的去向。

「大家幾乎都在大廳吃早餐。座敷在跟白白玩歌牌；荻莉麥亞姐不知道被錢鬼拉去哪裡了；米哥做三明治做上癮，跟明姬姐在忙著呢；羽哥和青玉姐好像去討論比賽的名單分配。對了，扉空哥，我有認養了一個花圃，你有喜歡的花種嗎？我分一個區塊來幫你種。」

「喜歡的花……」扉空思考了一會兒，提議：「那能種點太陽花嗎？」

「太陽花？當然沒問題！」一口答應扉空的要求，枕木童子向扉空道別準備前往花圃，邊走邊扳著手指數著自己該去買哪些種子。

看了眼手上的早餐，扉空關上房門，跟在枕木童子後方下了樓梯，離開宿舍。

枕木童子從宿舍旁的走道繞過大樓朝後庭的商店街走，扉空則是找了張位於樹蔭下的椅子坐著。

從紙袋裡拿出三明治，扉空開始食用早餐。

雖然外觀不甚好看，但是口味倒是不錯。

遠處的枕木童子在一家滿是花的木造車前停下，和圍著一條粉色圍裙的青年指著花朵交談著。幾個人在商店街上散步，邊和店家的老闆打招呼。一名女子經過枕木童子身後，和花鋪的老闆打了聲招呼，三個人一起聊了起來。

——在聊什麼呢？好像很開心的樣子。

扉空邊想邊將最後一口餐點塞進嘴裡咀嚼，拿起奶茶一口氣吸完剩下的分量，離嘴三秒，空紙袋和紙盒突然從掌心消失不見，見怪不怪的扉空拍掉手上的細屑，深深的呼吸，雙手反扣伸了個懶腰，在吐氣之後低頭看著自己的鞋子。

想起午夜的夢境，扉空拍了拍後腦，像是要把討厭的回憶拍掉般，力道有些大。

當手掌要再次碰觸到後腦時，手腕卻被突然出現的力量握住，下意識以為又是伽米加，扉空轉頭才要回嘴，卻沒想到映入眼簾的並不是獅獸人，而是昨晚來訪公會的祥白林。

他差點就忘了，波雨羽讓他們在這裡住上三天。

扉空想抽回手，卻沒想到手腕上的手掐得緊。

扉空瞪著對方。

祥白林繞到扉空面前，彎腰，不善的笑臉貼近。

「是你沒錯吧？」

與夢境裡相同的嗓音，讓扉空的臉色出現一瞬間的變化。

「雖然有擬態，但這張臉可是讓人很難忘，身為男人確實有些可惜，但我也不是很在意性別這種事情，畢竟那一夜真的讓人難以忘懷……」

咬牙，扉空用力扭動手腕，腳步踏前，傾身一甩。

面對突然出力的扉空，來不及作防的祥白林被撞得後退了好幾步，左手竄上冷意，祥白林抬起手才發現自己的掌心竟凝結了薄薄的冰霜。

吹了聲口哨，祥白林拍掉手上的冰，扒起前額的髮絲。

扉空的眼裡滿是怒火。

這張臉，他這輩子絕對不會忘記！那令人作噁的黑暗回憶，還如影隨形的追隨他至今……

若說這世上有誰是他最想置於死地的，那便只有一人——眼前這人，他該死！

扉空右手凝聚寒冰，快跑上前朝著祥白林揮下！祥白林側身一閃，扉空五指的冰尖從他眼前劃過。

祥白林反手撐地逆轉了圈穩住身子，身後揹著的「泰阿劍」一拔，朝前揮砍，扉空立刻朝後跳閃，劍光在凌空的裙襬上劃出一道破口。

扉空腳步畫圈停穩。

雙方對峙。

「這可真是意外，沒想到在這裡你的動作會這麼俐落。」祥白林低低的笑著，攤開手刻意道：「可當時……怎麼會被我壓在地上連反抗都沒辦法呢？」

「給我閉嘴！」扉空憤怒嘶吼。

祥白林不但沒住口，反而更加興奮，因為他看見了，即使是怒火，扉空的眼裡仍確確實實映照出只有他一人的身影。

「啊啊！終於呢，你真的看見我了。」祥白林咧嘴笑了，悠悠慢然的朝扉空走去。

泰阿劍在地上拖移出一道淺淺的痕跡。

扉空死盯著越來越靠近自己的祥白林，才剛舉起手要攻擊，對方手上的寬劍卻在一瞬間射出，從另一邊劃過他的臉側，重重釘在身後的樹幹上。

藍色的斷髮飄落草地。

扉空驚愣的轉頭，傾斜的劍面映著他的倒影，臉頰出現了一道細細的紅痕。

重新意識到自己不能愣在這裡，扉空才剛收回注意力，祥白林卻早已飛快的逼近眼前。

扉空退步，卻被逼到背貼樹幹。

祥白林單手探過扉空的臉側拍在樹幹上。

左邊是鋒利的劍刃，右邊是祥白林的手臂，扉空的手微微發抖，看著草地卻不願抬頭看看自己的處境。

「抬頭。」祥白林命令。

扉空並沒有照著做，而是死死的看著地面，這讓祥白林憤怒，他粗魯的掐住扉空的頸部硬讓對方抬頭面對自己，失控吼著：「看著我！到底要怎麼做你才會看見我！」

扉空咬牙將頭後仰，再用力朝前撞，重重一聲悶音讓祥白林吃痛的鬆手退後。一抓到掙脫的機會，扉空立刻跑上前用力握揮重拳，拳頭正中祥白林的左臉將他的身子打歪。

祥白林腳步晃移卻硬撐住，轉身就朝扉空瘋狂的撲上，將他整個人壓趴在地。

祥白林的五指陷進扉空的頸肩筋肉，衣服被深深掐皺，扉空的右手臂被後拗壓制在腰後。扉空蹬腳想踹，卻因為被祥白林用膝蓋壓住關節而難以使力。

「那一夜真的挺難忘的對吧？你嚇得全身發抖，但是你的眼裡卻看見了我。」

愉悅的語氣近在耳際，但扉空卻覺得胃部反嘔。

「不過卻出現了搗亂的傢伙，讓你逃了是我的失誤，但這次還有誰能救你呢？」

祥白林扯住扉空的髮讓他看著遠處商店街的人，稀少的人煙相互招呼聊天，建築的側角很難讓人察覺，即使剛剛有擦撞，但那些聲音還是難以傳入那群人的耳裡。

金色的豎瞳映入柀木童子買到種子的開心表情，扉空剛張嘴想喊，卻被一隻手更快的捂住。

「只有這麼做，你的眼裡才會看見我，對吧？」

與夢境的回憶如出一轍的處境，他被壓制得無法掙脫。令人毛骨悚然的話語讓扉空眼裡所見的綠色草地變得扭曲，一切的一切好似變成了那個雨夜。

左手手指扒抓著地，深深的，用力到幾乎扒出血。扉空尖銳咆哮，連遮掩的手掌都無法遏止。

隨風飄動的綠草染上了凝霜變得僵硬，冰氣從扉空的周身凝結，爬上壓制於他肩上的手。

祥白林嚇了一跳，趕緊鬆手退後，想拍掉指尖上的寒，但卻發現他這次居然無法將這層凝霜拍掉。

一大片草地幾乎結成冰，散發刺骨的寒氣。扉空緩慢的從地上爬起，跌了跌腳步之後又站穩，過長的散亂瀏海遮住面孔。

扉空轉身，朝著祥白林步步逼近。

祥白林發現苗頭不對，想先發制人，卻發現自己的腳步無法邁前，低頭一看，才發現草上的凝霜已經纏上了他的小腿，連鞋子都無法隔離的寒氣讓祥白林的臉色失去剛才的自信。

兩道人影飛快的從祥白林的雙側跑過，金色的禮服隨風飄揚，蝶兒踏著如舞蹈般的流暢動作高高躍起，手持折扇朝扉空凌勢揮下。

「劈啪！」

從地面竄起的冰柱將折扇與整隻手臂緊緊包覆，無法掙脫的寒氣逐漸入骨，讓蝶兒差點無法站穩。

亞斯基亞從左方進攻，卻沒想到強力的拳頭會被更厚重的冰包覆，本來面對千軍萬馬的武器在這堆寒冰面前竟毫無招架之力。他用另一隻手搥打著冰，但也只是讓冰塊出現一小角的裂痕而已，沒想到看似弱小的人竟會強大到這種地步。不，並不是原本就強大，而是因為……

扉空走過兩人中間，右手掌心凝結的寒氣從指尖逐漸爬上手臂，凝結成鋒利的刺爪。

「你想死，我就讓你死。」

冰冷的話語從扉空蒼白的唇間吐出，從髮絲裡透出的眼帶著深深的厭惡，那樣的惡意，連亞斯基亞這個大男人都不自覺的畏懼。

——祥和這個人到底是怎麼回事？這個人到底為什麼會有這種可怕的情緒？居然……恨成這個樣子！？

蝶兒用力踹冰好幾下，還是無法掙脫的處境讓她忍不住尖聲問：「祥白林，你到底又幹了什麼事！」

祥白林現在根本無法回答蝶兒的問話，他現在的注意力全在逐漸朝自己走來的扉空身上，本來他是想讓那雙眼真真正正的映入他，但是現在，這樣的情緒別說看了，他連招惹都不敢。

困難的吞下口水，祥白林努力的扯著腳想掙脫那層冰，沒想到不只掙脫無效，原本到達小腿的冰竟再攀上一層凍住膝蓋。

見掙脫更加困難，祥白林顫抖的喃喃：「我、我只是想讓你看看我……看看在你眼前的我……」

「扉空，你在做什麼，快點住手！」

突然出現在後庭的伽米加喊著，但扉空根本沒有停下腳步，繼續逼近祥白林。

伽米加見情勢不對勁，趕緊從祥白林的身側衝跑而過，迅速的繞到扉空身後用雙手架住他，只是沒想到，此時的扉空根本不管來人是誰，他的耳裡聽不見任何聲音，唯一有的就是心裡喊著的那一句——

「**殺死他！**」

獸肢被冰霜攀上，在伽米加錯愕的同時，冰劍山從地面竄出隔開兩人的距離，並且封凍伽米加的行動。

滑輪壓碎冰地留下痕跡，波雨羽踏著滑板從扉空後方衝來，後尾一踏躍上半空，朝著扉空直落而下。

連注視都沒有，扉空一個旋身，順著冰爪的引領，一道長滿刺的冰柱竄出，將波雨羽連同滑板冰封在半空！

原本停止的腳步繼續朝著目標走去。

波雨羽喊著扉空的名字，卻還是無法讓他停下腳步。

雖然不知道扉空與祥白林發生了什麼事情，但說到底祥白林畢竟是訪客，要是扉空真的傷到祥白林，這後果可不是鬧著玩的。

追在伽米加與波雨羽後方到來的青玉一看到現場的慘樣，也不管那麼多，趕緊跑到扉空身旁拉住他，著急的喊著：「哥哥，快點住手！」

聲音，讓扉空的動作停頓了一下，但也僅是一秒的時間，下一刻，扉空手臂使力一揮，青玉整個人頓時往旁邊摔倒，撞破地上的薄冰。

「哥哥！」青玉喊著，但這次扉空的腳步卻再也沒有停下，她著急的望了受困的波雨羽和伽米加一眼。連他們都變成這樣，那麼還有誰能夠阻止扉空現在的行為呢？

青玉咬著唇從地上爬起，再次跑上前，用全身的力量去抱住扉空的手，阻止他繼續靠近祥白林。

「放手。」扉空傳來冷冷的一句話。

青玉睜眼抬頭，終於看見扉空那凌亂瀏海下所隱藏的憤怒——厭惡到恨的情緒。和那一天一樣。

三年前的那一天，全身濕漉狼狽回到病房的兄長——扉空現在的眼神，就跟當時一樣。那雙眼裡的怨恨讓青玉根本忘記使力，只能傻傻的任由扉空將自己的手從她懷裡抽離。

青玉知道祥白林應該是糾結扉空那段痛苦回憶的罪源，如果能，就算扉空對祥白林做出任何殘忍過分的事情，她都不應該阻止，因為她也同樣痛恨帶給兄長痛苦的人。但是，要是真的讓兄長殺了這個人，那麼那段回憶帶來的苦痛真的就能結束嗎？

咬著唇，青玉下了決定。

只差三步就能到達的距離，青玉卻突然跑到扉空面前張手阻擋，屈膝一彎，青玉坐在祥白林面前，向扉空伸出了雙手。

「揹我。」

扉空停下腳步，但卻沒有上前去握住她的手。

見扉空毫無動作，青玉再次發聲，懇切道：「揹我，哥哥。」

「站起來。」扉空的聲音帶著壓抑。

「我沒辦法。」

「給我站起來！」

「我早就站不起來了！」

青玉揪著褲子，壓抑的望著扉空，說出自己最不想說出的話語。她一字一句緩慢的說出口：「你忘了嗎?哥哥，從那天起，我就已經沒辦法再靠自己的力量站起來了。我只能靠你揹著我才能往前走。」

吞下酸澀，青玉堅定的再次要求：「揹著我，離開這裡，哥哥。」

「妳可以靠自己的力量站起來。」扉空的視線越過青玉落在祥白林身上，那膽怯的眼並沒有讓他的憤怒削減。

扉空再次動起步伐，卻被青玉扯住衣物。

「不要!哥哥!」

「放手!」

青玉用力搖頭。

說什麼她也不會放開，因為她不想再讓他繼續錯下去了，復仇根本沒辦法讓自己獲得救贖，只會加深痛苦，讓那道傷永久殘留在心裡！她不知道來龍去脈，但是她卻知道若這個人真的在這裡被扉空殺死了，那麼兄長也不會真正的輕鬆。

「妳知道這個人做了什麼嗎？他狂妄自大，以為自己有權有勢就可以任意妄為，把別人的尊嚴踐踏在腳底！」

青玉用全身去阻擋，卻也無法擋下扉空失控指責的怒火。

扉空回想過往那糾纏自己多年的黑暗記憶，指著祥白林，憤怒咆哮：「妳知道他幹了什麼事嗎！他和其他人想把我當女人一樣對待妳知道嗎！」

青玉呆愣的抬起頭，由上方滴落而下的淚水滴在她的額頭上，燙熱的，如同扉空現在的心情，沉重的憤怒。

——原來那一天哥哥那樣狼狽回來，就是因為……

「如果沒有這張臉就好了，這張像女人一樣的臉孔！」將一直以來所承受的痛苦埋進掌心裡，不停啃食心靈的回憶讓扉空無法控制自己的低吼：「為什麼我得為了這張與媽媽相似的臉受盡委屈，受了凌辱、受了欺負……這些傢伙憑什麼傷害我！」

他從沒想過要犯著誰，也總是忍耐再忍耐，但是不管他到哪裡，總是會遇到那些貪婪他面孔、把他當成女人看待的人，不管是面對父親還是面對眼前這個傢伙都一樣……他又不是自願擁有這張臉！

都是因為這些人，讓他幾乎想毀了自己的臉！

如果能不要這張秀氣又美麗的臉孔來換回別人對他的尊重，他真的很想毀掉。但每每看見鏡子中的自己，那與懷念的人相似的樣貌，只要鏡中的人對自己微笑，他就怎麼樣也下不了手，因為連他自己也不想再次失去重新獲得的「母親」。

「所以，只有這個人從我眼前消失，那些在夜裡抓住我手腳的黑影才會跟著消失。」

只有摧毀這個人，他的心靈才能得到平復。

「如果說哥哥真的必須殺掉他，那麼就先殺了我吧。」

波雨羽和伽米加錯愕的互看一眼，無法猜測青玉現在的棋路。

「妳怎麼能說出這種話……」

「我沒有說錯！」青玉指著身後的祥白林，悲傷道：「他是傷害過哥哥的人，讓那段時期的哥哥連覺都睡不好的罪人吧？但，若說這個人有罪，那麼我就是造成這罪惡的源頭，若不是因為我，哥哥你根本不需要自己一個人撐起所有的重擔，你不用出去拚命工作賺錢看人家臉色，那麼就不會遇到這個人了，對吧？」

「殺了這個人，不會讓哥哥的惡夢消失，只會讓你將他記得更深，最後連拔除都做不到。復仇根本沒辦法獲得解脫，只是在輪迴而已。我不要哥哥你再……更加痛苦了。」

「所以，放下好不好?哥哥?」青玉低聲懇求，「我求你了，放下吧。」

「妳怎麼能提出如此過分的要求?」

「對不起……」

跪在自己面前懇求著的身影讓扉空移開了眼，包覆著冰爪的手緩緩垂下。

他低吼著甩出一掌，掌心凝聚的冰霜隨著苦痛重重擊在樹幹，層層堆疊，巨大冰花包裹著大樹綻放，最後劈里啪啦的碎裂，冰塊摔落在地，化成粒子隨風飄散。

扉空手上的冰爪片片剝落，明顯起伏的肩膀逐漸轉回和緩的呼吸。

包覆手臂的冰融化，蝶兒使力一舉，這次輕鬆的就脫離禁錮自己的冰柱；亞斯基亞淺晃一下，原本的冰山瞬間崩解。

草地的凝冰融化成水滲進土裡，磚石上一片濕漉，波雨羽抓著脫冰的滑板穩穩落地，伽米加也將腳從碎冰中抽出，重獲自由。

扉空無力的聲音從遮掩的瀏海下傳出：「下次，不准再說出那種話。」

青玉知道扉空指的是什麼，他最不想聽見的就是從她嘴裡說出她再也無法站起的話語。若不是為了阻止扉空，她也不想說出這種話，因為她知道這句話對他也同樣是道傷。

「不會再說了。」雙手相握靠在顫抖的唇前，青玉保證：「下次絕對不會再說了。」

扉空沉默著，轉身跪蹲在青玉面前。青玉一愣，用袖子胡亂抹著溼潤的眼眶，張手環上前方人的頸部。使力一撐，扉空揹著青玉站起。

亞斯基亞和蝶兒從扉空身旁跑過，扶住從冰中脫困、腿軟跪地的祥白林。

「祥，沒事吧！？」

祥白林揮揮手，表示沒什麼問題，他抬頭，望著那道準備離去的背影，沒想到青玉卻在此時側頭對上他的視線。

「悲哀的人。」

青玉的無聲話語讓祥白林彷彿被人敲打一棍般的重重一震，縮起的十指在草上扒出土痕。垂眼閉上，祥白林伏趴在地，像隻負傷的野獸全身顫抖，緊咬牙關才沒讓自己發出悽哀的低鳴。

他只是希望對方可以真正的將他看進眼裡而已！

那名在他因為父親而負氣躲進便利商店的午後，發燒咳著時遞上一杯溫水的店員……或許那店員是無心的順手，但對他來說，卻是在只靠揮霍錢財獲得的家庭裡未曾感受過的溫暖。但少年的眼裡不只他，就連其他人都不曾看進眼裡，那雙眼始終都只望著店門外，像是在遙望遠處的某一人，下班後也是匆匆離去。

為了想和少年談上一句話，他寧可天天早早到便利商店等待，點上一杯咖啡就只是為了和少年有所接觸，但話題卻總是在對方點出金額後止住，他根本來不及說上一聲「早安」。

少年很漂亮，漂亮到像個陶瓷娃娃，讓他明知道對方是男性卻還是忍不住多看他幾眼。

他想知道他在工作時分心瞧望的目的地。他想和他認識，和他做朋友。但他不知道要用什麼方法才能達到與少年的對談，只能花上大筆錢買了一些自己根本不吃的東西。

而少年的眼裡始終未曾有過他，連看他一眼都沒有。

低頭看著商品，結帳，報出金額，收錢，找錢——少年規律的行為彷彿是機械。

好不容易他終於鼓起勇氣提出飯局的邀約，直到那時少年才抬起眼、那雙漂亮的碧色眼眸才映入他的身影，但僅是一秒就消逝。他看著另一位店員走來與少年換班，少年什麼話都沒說就直接走進倉儲室裡，連再看他一眼都沒有。

就算是陶瓷娃娃還會反光，但少年的眼卻像一灘死水，什麼也映不進。

之後的日子不論他說了什麼，少年完全不回答，只是分心的望向店門口，他真的無法看出少年到底在望著什麼，空蕩蕩的門口根本沒有人，但他卻是站在他面前的。

為什麼不肯看他一眼，只是拚命望向門外？

為什麼不肯與他交談？

他擁有許多，卻從未碰過這種人，不肯將他放進眼裡的人。

如果讓那雙眼出現波動，那麼，他會再看他一眼嗎？

那麼，要怎麼樣才能讓那雙如死水般的眼活過來，望著他？

他思考著、想著，直到某位客人對少年做出了言語的騷擾，那雙眼裡的憤怒讓他一瞬間恍然。

負面的情緒讓少年變得更加的美麗，就像充滿生命的陶瓷娃娃……不，是人，漂亮且活生生的人，如果在那怒火之下他也能深深刻印進他眼裡，如果能的話……

那一夜，他在門口再度提出邀約，但少年卻連理會都沒有就逕自離去，看著那道揹著背包的纖細背影，他的心裡沒來由的產生了連他都無法承受的情緒。

那怒火，其實是出現在他眼裡，所以他才將少年的身影記得越深，越無法自拔。

他夥同其他兩人在後門埋伏，將少年逼進死巷、壓制在地的那一刻，他發現少年眼裡是真的映入了他的身影，憤怒與膽怯讓那雙眼在月光下更動人，他卻陷迷在那雙眼裡。

其實他根本就沒有想要傷害他，只是希望他能認真的看他一眼，能夠互相的說聲早安，讓他能夠向他道聲謝謝而已。

——悲哀的人。

是啊，他這樣還不悲哀嗎？為了讓對方看上他一眼，不惜用那種骯髒手段來逼他就範，別說道謝了，就算想好好說上一句話都不可能。

「根本，沒辦法當上朋友……我只是……我只是……」

悔恨的淚水融進冰水裡，祥白林低聲哭號。

聽著身後傳來的哭聲，青玉微微的縮緊手，靠在扉空耳邊輕聲說道：「哥哥，謝謝。」

扉空沒有回話，只是揹著青玉步步離去。

波雨羽望著離去的扉空，再看向俯伏在地的祥白林。

「如果是在公會外面，我會代替扉空殺了他。」

輕聲低語讓伽米加嚇了一跳，轉頭，卻見波雨羽露出微笑。

「不過這裡是公會地，可不能殺了委託者。我還真是……什麼都沒能為他做，不管是六年前還是現在……如果我能早點發現，陪在他身邊跟他一起擔負就好了。」

惆悵的是未能阻擋痛苦降臨在友人身上，只能在事後痛恨自己的不在。

「雖然這個人做的事情很不可原諒，但比起這傢伙，扉空的情況倒比較讓我擔心，把心思耗費在這裡太浪費了。」

伽米加心想，自己又何嘗不想一爪替扉空撕破那股怨氣？但青玉說得對，殺了這個人也沒辦法改變什麼。

波雨羽垂下眼，「我想，扉空那邊有青玉就夠了，就算我們去了，也比不上青玉的一句話。」

用著傷害自己的話語來阻止扉空的重手，青玉這女孩也真是的……但不可否認，這樣確實讓扉空不至於釀出悲劇。

「也是，不管怎麼說，那是自己付出一切的妹妹，就算扉空再怎麼失控，也不會違背青玉的希望。」伽米加輕聲嘆息。

這兩兄妹真的幾乎可以當榜樣了，但方式很傻，也讓人看了心疼。

▲▲▲◎▼▼▼

在宿舍前放下青玉，扉空獨自一人回到房裡，一關上門便跌坐在地。

他記得剛剛那股無法克制的怒火，強到差點燒傷自己。青玉說的話他不是不懂，可是那些令人痛苦的事情也不是那麼輕鬆的說放下就能放下，他也想像青玉說的那樣把一切都放下，但偏偏……

扉空咬著牙，右手緊握成拳，靠著深呼吸來壓下又要湧出的狂躁情緒，閉眼回憶。

黑暗的視野裡，依稀月光從天落下照亮片片地磚。

被塞進布團的嘴只能發出哽咽的低聲，皮膚接觸雨水，冰冷的觸感讓他倒抽一口氣，他明白自己難以逃脫，但他也不想就此屈服，連臉頰被粗劣的地面磨傷了還是奮力的掙扎，在心裡求救不知道多少聲之後，身上原本壓制的力量突然消失不見，隨著耳邊響起的哀號與重物倒地的聲音，一件西裝外套從上拋下蓋住他被拉起衣物的腰側。

「穿好衣服，離開這裡。」

那是陌生且低聲沉重的語氣。

在外套的遮掩下，他慌張的拉好上衣，濕漉漉的瀏海不停的滴下水，一名身穿西裝的男子背對著站在他面前，他沒能看見對方的臉，只能感覺從對方身上散發出的戾氣。

男子的對面則是捂著臉頰在其他兩人攙扶下起身的青年。

「快走。」

低低一句話讓他回過神，他想道謝，但遍布全身的發抖卻讓他什麼話也無法說出口，只能將手裡拿著的西裝外套放在地上，然後轉身跑離小巷。

他頭也不敢回的跑走，在大雨中一路狂奔到醫院才慢下腳步，直到看見那等待自己的女孩，緊繃的神經才鬆下，但同時的也無法再遏止心中的情緒湧現，無助的向女孩尋求安慰。

若沒有那個及時出現的人，他不敢想自己的下場會是如何。

痛恨這張臉所帶給他的屈辱與痛苦，卻又期待看見鏡中自己的那一刻，他真的不知道該待自己如何。

讓青玉逼得用傷害自己的言語來阻止根本違背他的本意，如果那個人沒有出現，他會努力的壓下那段回憶所帶給他的憤怒，努力讓自己逐漸淡忘。

但是做不到啊！他根本無法做到！因為原諒那個人的行為對他來說太困難，他為什麼非得被人當成女性般逼迫屈服！

但他不想再聽見那些強迫自己看見殘酷現實的話語從青玉嘴裡說出。

就算再怎麼難以做到，他也會逼自己做到不可。

「放下吧。」

「我會放下，所以求求妳，不要再說出那種話了……」

將頭埋進雙臂，扉空咬唇忍住哭聲。

「我不想要妳再說出這種話，妳可以站起來，一定可以！別讓我這麼多年的努力白費掉，拜託……」

他的忍受與努力全是為了能再度迎接她恢復健康的那一天，若是她無法站起，那麼離去的那一天也會到來。

他不要這種結果。

不要讓他連任何一邊都無法留住。

佇立在門外的青玉用手背捂住嘴才沒讓自己哭出聲，若不是那種情況，她不會故意說出那種話來阻止兄長的失控，令他現在這麼痛苦。

但那種情況，連伽米加和波雨羽都無法阻止，她只能這麼做，因為只有她這麼說，扉空才會停止暴戾。

「不肯聽進別人的話語，要是我離開了，哥哥你該怎麼辦……」

額頭輕抵門扉，房裡傳來的聲音讓她好似就站在扉空面前看著痛苦哭泣的他。

她也不想就這樣放棄，但有些時候真的不是她能決定的，因為還有所謂的名為「命運」的事理。

就算再怎麼努力也無法違抗的命運，正因為她早已看見了結局，所以才會拚命的布下那麼多的指標來指引那可能會被她遺留下來的人。

抹掉臉上的淚水，青玉無聲的懇求——

「我所藏著的寶藏，你要放下一切的執著才能看見啊！在我還有能力陪伴在你身邊，還有替你擦去淚水、抹滅痛苦與悲傷的時間，拜託你真正的去看看這個世界，看看你所擁有的，別讓我擔心、放不下……」

時間已經開始倒數了，她知道自己所剩的時間不多，所以才會急切的安排道路讓他前行，在她還有力氣撐著不倒下的最後時間，她真的很想看見……

兄長真正露出無憂笑容的那一刻。

▶▶Loading...

第八伺服器

# 以胡亂爲主旨的大賽開戰了！

公會大廳的某一個角落，長相相似的兩名孩童正窩在一塊兒。

公會從昨天開始就瀰漫著一股詭異氣氛，完全不了解事出原由的座敷童子正靠著枕木童子的陳述來了解來龍去脈。

昨天，枕木童子被騷動吸引過去現場，最先看見了失控指責的扉空、跪在地上阻止的青玉，以及被冰封住行動的其他五人，他不知道前面發生了什麼事，也無法知曉自己該不該上前，所以只好先躲在角落觀察情況，還好最後平安解決了。

「簡單來說，就是那個叫做祥白林的人欺負了扉空哥哥對吧？」

座敷童子聽出了整段故事裡的重點。

——雖然扉空哥哥看起來難相處，可他並不會隨便對人發脾氣。他總是把情緒埋悶在心裡，就算和伽米加哥哥總有口頭上的衝突，但大家都聽得出來那是隨口根本不算發洩。

——但是現在扉空哥哥居然怒到想殺掉一個人，而且是連青玉姐姐都難以阻止的狀況，那個叫做祥白林的人一定是做了非常非常過分、而且激怒扉空哥哥的事情。

——枕木說扉空哥哥當時怒聲斥責祥白林想將他當成女人對待，是什麼意思？

——想追他嗎？

納悶的偏著頭，座敷童子望著身旁的弟弟，只見對方眉頭深鎖，像是在思考事情。

「枕木，你在想什麼？」

「我在想扉空哥哥生氣的原因。」

「其實我也在想……不過大人的世界很複雜，我想不通那句『當女人對待』的話到底是什麼意思，但我們又不可能在扉空哥哥面前提……」

座敷童子想了又想，無解之後終於放棄，扠腰道：「嗯……算了，不要想了，反正就當作祥白林是欺負扉空哥哥的壞蛋就對了！」

「雖然沒看到全部，不過我也覺得他一定欺負了扉空哥。」枕木童子蹬地站起，拍拍手，轉頭問：「要揍他嗎？」

「他是來委託的客人，揍他會讓羽哥哥困擾吧。」

「不然要怎麼樣才能替扉空哥出氣？扉空哥那麼難過。」

座敷童子揉著鼻頭，整張臉糾成一團，「我想想喔……」

還沒想到適合的方法，瞇著的視簾卻掃到了剛走進大廳、朝吧檯走來的扉空，座敷童子連思考都放棄了，直接扔下枕木童子跑到扉空面前，先是拳握胸前小步跳著，接著將一盒包裝零食高高舉著。

「扉空哥哥，早安！這個給你吃。」

——座敷妳這個奸詐的傢伙！

枕木童子目瞪口呆的看著又被搶先的情勢，重重的跺了一步。

「……謝謝。」扉空拿起一塊餅乾，撕開包裝咬了一口。

座敷童子小心翼翼的觀察扉空的表情，扉空並不像在生氣，也對她微笑了，不過好像有哪裡不太對勁，但她又找不出是哪裡的問題。如果可以，她想要當作他已經沒事了，不再去想究竟發生了什麼事……可以吧，扉空哥哥？

「喔喔，座敷在請客吃零食呀，我可以要一塊嗎？」剛進大廳的伽米加來到兩人身旁，招呼著詢問。

「可以呦。」爽快的回答，座敷童子讓伽米加挑了一塊餅後，自己也挑了兩塊，收起盒子。座敷童子將一塊拋給走來的杺木童子，另一塊撕開包裝吃著。

原本還有交談聲的大廳突然安靜，座敷童子朝門口望去，只見祥白林、蝶兒和亞斯基亞三人走進了大廳。

看起來昨天的事情多少都有傳進大家的耳裡了吧。

杺木童子快步跑到座敷童子身旁，兩人互看了眼，靜靜的將手放置在身側，打算情況不對就喊出武器。

伽米加才剛要走向祥白林一行人，手臂卻被扯住。

扉空看著伽米加，垂下眼，扯了扯嘴，最後扉空鬆開拉著伽米加的手，轉身背對從入口投來的視線。

手指撫過光滑的檯面，扉空沒說任何話，就是靜靜的看著檯面上屬於自己的倒影，淺淺的呼吸著。

伽米加知道扉空想要讓自己不再像昨天那樣失控，為了對青玉的承諾，他正在努力的讓自己不去在意、去放下。

寬厚的獸掌像是遮擋般的扶在身旁人的後腦。

「如果不想理會，那就不要去想，讓自己輕鬆點。」

嘴脣張開想說話，但卻沒能說上一個字就又合上，扉空放在檯面上的手縮握成拳，指甲深陷掌肉，用力到連肩膀都在顫抖，掌上鮮紅的痕跡像是血痕。

許久之後，扉空終於鬆開手。

就算困難，但扉空還是努力讓自己做到。

「這樣就好，不管發生什麼事情，我們都在你身邊。」伽米加輕聲道。

扉空一頓，輕輕的點頭。

從入口而來的腳步停止在他身後，接著傳來的是祥白林的詢問：「我能和你談談嗎？」

「扉空哥不想跟混蛋說話！」搶在當事人前先跳腳，枤木童子擋在祥白林面前，頭抬高高瞪著比自己高上兩倍多的男子。

任何欺負扉空哥的人絕對不能放過。枤木童子憤憤想著。

「枕木說得對！壞蛋快滾，別逼小孩子打人。」座敷童子一手扠腰，一手指著祥白林的鼻頭哼了聲。

祥白林並沒有理會齜牙咧嘴的雙胞胎，視線一直停留在前方的背影上，他在等扉空的一句話，但別說回頭，扉空卻連回答都不想施捨。

「或許你並不記得，但那時候……你在我身體不舒服的時候給了我一杯溫水，對我來說，那是我這輩子感受過最溫暖的時刻。」

蝶兒本想上前，卻被亞斯基亞拉住。看見亞斯基亞搖頭，蝶兒只能佇立在原地，折扇靠在鼻前，瞧著大廳裡正聽著祥白林自述的人們。

——這男的真蠢，如果一開始不惹出事端，現在還得這樣低聲下氣嗎？

「所以我開始注意你，我發現完全沒有一個人能進入你的眼裡，就連我也沒辦法，有時候我真的覺得只為了能聽見你的聲音買了一堆不想吃的東西的自己很蠢，從小到大，我根本不需要特別去求什麼。」

「那件事情之後，你辭職了，想也知道是因為我，要是繼續待在店裡很難不碰到我這個每天待著糾纏的客人。原本我只是想和你說上一句話，但最後卻毀掉你好好的生活，對你來說，你一定很恨我。」

祥白林不知所措的摸著頭，想壓下心中的煩悶和酸澀，他努力讓自己的聲音聽起來像是沒有夾雜波動的音調。

「我很慶幸那時出現的那個人，要不是他，我是真的會做下不可原諒的事情。雖然不知道是誰，但我很感謝他阻止了我，也救了你。」

「這句話其實我早就該跟你說的，謝謝你在我最難過的時候給予溫暖，還有，對不起，傷害了你。」祥白林垂下眼，苦笑著。

——這樣就算結束了吧，從今以後就真的不會再碰面了。

一瞬間湧現的過往回憶，全是他望著他的畫面，他對他的執著。

或許，並不是因為他從未正眼瞧過他，而是因為那毫無光采的眼過於悲傷。

「你買了香菸抽，但結帳的時候一直咳嗽，待在店裡的座位趴了兩小時看起來很不舒服，所以我才給你那杯水。」

祥白林停住本要離開的腳步，呆愣的回頭看去，只見扉空側著身子，那雙眼，映入了他的身影。

「就算再怎麼不想理會周遭的環境，但若是一個人每天抱著一堆東西到櫃檯結帳，久了也會記住。你問我要不要一起去吃飯，那時的我根本沒心思去放鬆，也不想浪費任何一秒鐘，因為還有個人更需要我。」

波雨羽和明姬從樓梯上走下來，看到吧檯前正在對談的人，放輕腳步停在樓梯口。

「我想知道你每天究竟在望著門外的哪裡。」祥白林忍不住詢問，只因為他想知道在那雙眼之下藏著的、令他連周遭都不去在意的身影是誰。

越過祥白林的視線，扉空看著站在大門口望著他的青玉，輕聲回答：「從那扇門可以看見，需要我的人所在的地方。」

從店門口望出去，是醫院所在的方向，他總會想著，現在的碧琳在那裡做些什麼？是看著他買去的漫畫和雜誌，還是正在與隔壁病床的老爺爺聊天，抑或是……也朝著他這方向望來，正在想著他。

順著扉空的視線朝後望去，祥白林的眼裡也映入了另一人的身影，站在門口的松鼠少女垂眼，微笑著。

「從那天起，我就已經沒辦法再靠自己的力量站起來了。我只能靠你揹著我才能往前走。」

他終於知道那個人所望的方向，如果是這樣，看不見其他人是理所當然，畢竟有個那麼需要自己的人在心上，思思念念的全是她。

而將原本單純的念頭變得複雜，差點毀了一切的自己也很蠢。

抿著脣，祥白林轉身離去，這次總算不再是執著，而是釋懷。

亞斯基亞拍拍祥白林的肩。

「這下子可不知道能不能達成城主指派的任務了。」折扇後方傳來蝶兒的嘟囔，但並沒有任何責怪的情緒。

「我會負責。」祥白林保證道。

蝶兒搧了搧扇子，眼神挑媚道：「這還差不多。」

「那麼走吧，回城。」

三人才剛要離開，沒想到身後會傳來波雨羽的喊話。

「八陵城的各位連白羊之蹄的答覆都不要就打算離開了？」

「我想也沒必要了，答案可想而知。」祥白林拱手在胸前，低聲道：「造成你們的困擾，我很抱歉。」

「你是該道歉，對我的會員做了如此無禮的行為。」波雨羽來到祥白林的面前，雙手環胸道：「但看在你是誠心認錯的分上，我也接受你的道歉。不過請容許我更正一點。」

波雨羽望向明姬，明姬則是遞上一份文件。

將文件轉交給祥白林，波雨羽繼續道：「白羊之蹄決定接受八陵城的委託，合攻第七軍塔。當然，該給的一個也不能少給，至於成員……我會在創世大賽結束後挑選出來，將名單送至八陵城供城主確認。」

「……感激不盡。」

「但我有個附帶條件。」

祥白林抬起頭，只見波雨羽說出了令在場所有人都難以置信的詫異話語——

「事成之後，我要你加入白羊之蹄。」

眺望在傳輸陣中消失的身影，佇立於門口的明姬刻意壓重語氣：「你這樣會打破規矩吧，會長。」

「我有嗎？」波雨羽看著自己的手指，不在乎的摸了摸。

「白羊之蹄非善不收，這是你自己定下的規則。你明知道他帶給扉空困擾，就連你自己都想私底下對他出手了，但你卻臨時改變主意想將他收入白羊之蹄，為什麼？」

「他身上那些裝備的治裝費肯定貴得要死，ＳＳ級的武器果然只有有錢人玩得起。」

答非所問讓明姬抽出傘下的西洋劍，劍面在另一手掌心敲了敲。

抽出武器的女人最可怕了，不敢再開玩笑的波雨羽笑著推手安撫了下，十指交叉反靠在腦後，認真回答：「如果是八陵城的第一軍團長，除了要有錢，也要有能力才行，說到底這還是款打打殺殺的線上遊戲，沒有一定的能力要讓一座城所用又信任是不可能的，有了他，白羊之蹄會多上一面盾牌。況且……」

吧檯前，青玉正興奮的抱住扉空，在他耳邊說了幾句話，而扉空則是耐心的聽著，然後摸了摸青玉的頭。

伽米加也加入行列說了幾句，座敷童子舉著餅乾盒要青玉挑幾個吃。

另一邊，枕木童子眼巴巴的望著正拿出一堆閃亮遊戲卡的天戀，接過天戀遞出的一張卡片，嘴甜的道了聲謝。

「我並沒有打破規則，白羊之蹄至今都是非善不收，別的我不敢說，但我看人的眼光絕對準確。那個祥白林也是『善』，只是走錯路罷了，如今他想回頭，總該給個機會。雖然我的確很想私底下將他解決掉替扉空出這口氣，但要是這麼做了，就會破壞青玉的苦心。」

若是這份痛苦能讓扉空早點意識到自己擁有的，多個願意珍惜他的人待在身邊，總比多份怨恨好，不是嗎？

就當他壞吧！就算扉空為了這件事情而不諒解他那也無所謂，因為那是他認真思考過後，發現是自己唯一能為扉空做的事。

「雖然不知道哪邊才是你真正的目的，但說實話，你也是蠢蛋派的，讓我都忍不住懷疑你跟那祥白林是不是同一掛。」

波雨羽瞇起眼。

明姬將手上的西洋劍收回傘骨接合，重新打開花傘靠在肩上轉著，旋轉的傘面看不見心型的花紋，只能見到漂亮轉動的粉紅色調。

「守著重逢朋友的你，是否抱持著與他相同的念頭？」

「誰知道呢？」波雨羽露出一抹看不透的笑。

花圃上的繽紛花朵隨風晃動，發出恍如合唱般的音調。

曾經的過往——

潔白的教室，鋼琴前的女子彈奏合音，一群孩童站在三階臺上吹著直笛。他將直笛對向前排的紅髮男孩，從笛尾噴出的弱氣吹動男孩的髮絲。男孩縮了下肩膀，轉頭瞪了他一眼，要他好好上課別開玩笑，順便將直笛對向他的臉用力吹了一音。

還真是久違呢，只可惜那樣打鬧相處的童年隨著他長大之後只能成為回憶的一部分。

「我，可沒那傢伙那麼單純。」

▲▲▲◎▼▼▼

現實世界十二月一日午夜十二點，《創世記典》則是晴朗白天，第三屆創世競技大賽在中央城鎮華麗的展開了。

混雜眾多風格建築、位於大陸中心的源頭之地「中央城鎮」，無數煙花在空中綻放，花團錦簇；慶祝的遊行花車繞行主要道路，小吃與雜藝攤販遍布整座城的東西南北四大門與中央競技場周圍。

人群大致都朝著相同的方向前行，也就是創世大賽的主場所，足以容納五萬多人的「中央競技場」。

除了現場，中央城鎮的四面方位也會同時用浮空螢幕進行實況轉播，方便擠不進場的玩家們一同觀戰。

眾人屏息以待，好奇第三屆的創世大賽會以何種形式呈現。

競技場的觀眾席除了各個公會、城鎮的加油團，白羊之蹄的人員也占據其中一角，高高揮動寫著「白羊之蹄最強！優勝！」的布旗，替公會的參賽成員加油著。

這是扉空第一次參與線上遊戲的活動，看起來和演唱會很雷同，但氛圍卻很不一樣，多了緊張感，放眼望去觀眾座無虛席，加油聲浪幾乎掩蓋交談。平心而論，這是他從未見過的壯觀場面。

扉空朝青玉的方向挪移，讓出位置給拿著爆米花回來的伽米加。

「加油啊！把敵人痛打一頓棄屍吧！」身後的座敷童子與校木童子激動的揮手喊著，幾粒巧克力從座敷童子手上拿著的紙盒撒出，落在扉空的衣袍上。

也太激動了吧這兩個孩子，而且那句「棄屍」是怎麼回事？現在的小孩子怎麼這麼容易說出這種恐怖話語……扉空一臉無奈。

「喔喔、別浪費。」青玉將原本抱著的葛格塞進扉空的手裡，接著撿起扉空衣服上一粒粒的巧克力收納成自己的零食吃著，順便餵了一顆給扉空。

扉空垂下手，葛格乖巧的窩在扉空的腿上，不隨便亂蹭亂動，一雙眼稱職的盯著場內看。

「上吧！會長，讓大家見識見識白羊之蹄的厲害！」

「白羊之蹄最強！加油啊——」

「會長，燃燒起來吧！用你的暗黑加農炮將敵人轟得粉碎！小黑桃也一起為你加油，愛的噴發絕對要贏啊啊啊啊——」

響亮又特殊的加油詞在人群裡非常顯眼，不用說大家都知道這是誰的熱烈加油了。

坐在青玉身旁的荻莉麥亞挺直身子，專注的盯著中央由大塊方正石磚構成幾乎可當棒球場的擂臺上的主持人——一名戴著白兔頭、身穿高衩泳裝的肌肉男。

荻莉麥亞用照相機拍了好幾張主持人的特寫後，再拍四周的環境。

回顧相機裡的成果，荻莉麥亞滿意道：「這下子有參考模型了。」

絲毫不放過任何可賺錢的機會，愛瑪尼拿著加油棒充當擴音器，在走道間上上下下的來回喊著：「芋冰——粉圓——爆米花——可樂——誰要買？有誰需要觀戰零食，本小店便宜九折賣！炸熱狗——雞米花——滷味——」

「副會長，來一份炒米粉和珍珠奶茶吧！」坐在中央的人魚青年招了手。

「馬上來！」邊說著邊走進小道，愛瑪尼腳步輕盈的跳到青年面前，拿出目錄攤開，炒米粉和珍珠奶茶隨即出現在托盤上，一手交錢一手交貨，愛瑪尼又再度回歸走道，喊著販賣口號穿梭在觀眾席間。

「搞得真像職業棒球賽。」扉空碎碎唸完，遞到眼前的紙筒讓他一愣，也不猶豫，他從桶內抓出一把爆米花。

隨口向伽米加說了聲謝，扉空將爆米花放在青玉攤開的掌心上，邊吃邊觀望擂臺。

「大家好，歡迎各位蒞臨中央競技場，我是這次活動的主持人『傑森』，很高興能在此為大家服務。」

臺上穿著高衩泳裝、頭戴兔偶頭的肌肉男深深一鞠躬，拿著像是動畫世界才有的玫瑰魔法棒靠在脣前，閃閃發亮的十字鑽背景自動出現，聲音從廣播音響傳出，環繞整座中央城鎮。

「今天的活動參賽隊伍共有五千八百組，在請參賽隊伍進場前，讓我們先來歡迎特別來賓兼活動裁判之一，前兩屆創世大賽的衛冕者，也是當今遊戲裡最受歡迎的十大城之一，夢幻城的城主——王者！」

熱烈的歡呼在場內響起。

王者向眾人揮揮手，走上臺，來到傑森身邊，接過他從身後變出的另一支魔法棒造型的麥克風。

「這次非常榮幸能夠擔任第三屆創世大賽的裁判，也希望比賽進行能夠光明正大，不管最後是輸是贏，大家都要玩得開心！」

舉手高喊，場內也傳回熱烈的迴響。王者露出笑容再次朝向觀眾席揮手。

「您之前兩屆都獲得了冠軍，若是這次也參賽，我相信您的獲勝機會一定很大，但這次您並沒有參加本屆的競賽，不知道會不會覺得有些可惜呢？」傑森提出疑問。

「我覺得輸贏是其次，重要的是能比出一場不悔的比賽。比我實力堅強的人其實還有很多，就算我這次再參加，也不見得會有那運氣繼續獲勝。」說到這裡，王者笑了笑，「參賽是種與人交流的機會，比起繼續從這臺上看著自己的對手，這次能在不同的地方完整參與整個比賽過程，對我來說是個非常不錯的體驗與機會。我很感謝官方的邀約，也祝各個參賽隊伍都能旗開得勝，發揮全力，讓這一個禮拜的活動變成你們記憶中最美好的回憶！謝謝。」

語畢，王者將麥克風遞還給傑森。

「非常感謝王者振奮人心的話語，那麼第三屆創世競技大賽將在五分鐘後正式開始，請各位觀眾拭目以待！」

王者下臺後走入北方的通道口，兩分鐘後便出現在被觀眾席圍繞的裁判席裡，王者和另兩位男子、少女點頭致意，坐上右角的空位。

「不知道比賽內容是什麼呢？第一屆是無差別大混戰，第二屆是從隊伍到一對一對戰，第三屆會不會跟戰鬥差不多呢？團體戰？」

「說不定是舞林大會，跳舞格鬥？」

在觀眾們熱烈討論這次保密到家的賽程內容時，參賽隊伍也隨著傑森的介紹一一進場，五千八百組隊伍一排排站列整齊，密密麻麻的人群幾乎掩蓋競技場裡所有空地。

「看到了，是會長！」

眾人順著豹人指著的方向望去，在靠近觀眾席的左方角落，波雨羽佇立於隊伍最前方。排立於波雨羽之後的依序是血狐族刺客「浴血銀狐」、紅袍的樹精族賢者「梅洛」、天藍服飾的銀髮龍族吟遊詩人「帕帕高思」、金髮的人族狂戰士「狂溯疾風」，以及虹風族弓箭手「水諸」。

除了浴血銀狐和帕帕高思為女性，其他皆為男性。

其實水諸從波雨羽公布名單到今天站在這競技場上，都還在思考波雨羽的用意。雖然當初他是舉手報名，卻從沒想過波雨羽會選上他，畢竟比他更優秀、速度更快的人滿滿都是。

「那麼，現在就來公布本次活動的賽程。」

傑森指向上空，只見競技場上方的螢幕被幾行文字取代，傑森也開始進行解說：「首先，本次活動將參加的隊伍共分成A、B、C三個區組，每個區組會依照順序在今天、明天、後天分別舉行淘汰賽，在淘汰賽脫穎而出的隊伍將排進第四天與第五天的一對一格鬥制，直到最後兩組隊伍爭奪冠亞軍。」

「淘汰賽每天都會用不一樣的項目來進行，一場共有四大分類。」

隨著傑森的解說，螢幕跟著變換說明文字。

「那麼接下來請B區及C區的選手隊伍先行退場，A區選手隊伍留在場地內，我們即將開始今天的活動。」

場地內，三分之二的隊伍紛紛朝向牆面下平均分布的八個拱形出口前進，留下的隊伍則順勢走上擂臺排列，寬廣的擂臺完美的分布人群，還有些許的空位。

「會長是今天的呢，太好了，速戰速決，會長加油！」

白羊之蹄再次高聲呼喊加油口號，替還留在場內的自家隊伍加油。

「A區一千九百二十三組參賽隊伍，將在今天舉行一天四場的淘汰賽，首先公布第一場淘汰賽程——」

螢幕的說明消失，取而代之的是四個大字——「海底世界」。

從地板冒出的水球包覆住參賽者，所有參賽者腳步輕盈的逐漸離地，隨著冒出的水球越來越多，氣泡沖天，藍色海域連同觀眾包圍整座競技場，原本的平地擂臺也生長出許多的珊瑚與魚群。

扉空睜開眼，發現自己還能呼吸自如，而且坐著的重力也還在，除了視線變成一片藍海，還可以看見小小的氣泡漩渦，其他跟剛剛沒什麼兩樣。不過，場地內的參賽者卻全都變成了浮身，像是在水裡一樣。

「那小丑魚還真漂亮。」青玉指著在綠色珊瑚旁邊藏游、長著雪花圖案的彩色小丑魚，興奮道。

聲音也沒有悶悶的感覺，看起來受到影響的只有參賽者。扉空暗暗在心裡推出結論，也擔心波雨羽不知道能不能應付這種受限於浮力的情況。

「會、會長……」水諸吃力的用狗爬式想游向夥伴們所在的方向，只可惜身體笨拙，又難以抵抗浮力，游了一分多鐘還是沒前進多少。

波雨羽觀察目前的現狀。

水流讓許多隊伍的成員都分散開來，有些人還窩在地上像是溺水般的死命掙扎，看起來是對水本身就有恐懼造成的悲慘狀態。

雖然場地變成水世界，也有浮力，但聽、看、呼吸都沒什麼問題。

他們這隊除了水諸的位置比較遠，其他人都在數秒之間就能到達的位置，這座海底世界是想考驗什麼呢？如果單單如此，應該不至於會稱為淘汰賽。

——應該還有什麼關卡會出現才是。

思考著、觀察著，波雨羽終於發現到不對勁的地方，他雙腳踏動，迅速的從隊友間游過衝向水諸，二話不說直接叫出落櫻就直朝水諸身後用力刺出一戟。

「嘎啊啊啊啊啊——」尖銳的哀鳴在身體爆為碎片後消失。

水諸放下抱頭的手，呆愣的望著身前的波雨羽，再仔細四處張望，有些原本不存在的生物正從地面冒出的蛋卵破卵而出，那是一條條長著尖牙利爪的人魚。

「喔喔，『白羊之蹄』的波雨羽很快就發現這場淘汰賽的關主，迅速的解救了同伴的危機！」傑森盡職的進行現場報導。

人魚猙獰的瞳眼抓到目標，毫不猶豫的就直往不識水性的參賽者攻擊，爪子抓破喉嚨，尖銳的牙啃咬血肉，好幾人成為了人魚的獵物被獵殺、追逃，四處響蕩哀鳴，原本溫和的場面頓時變得血腥暴力，血水混著氣泡漂散，連觀眾席都能聞到那股從場內傳來的腥臭味。

凶惡的表情跟童話書裡的溫馨畫面一點也不符。

「我覺得我的童年好像正悲慘的破滅。」天戀垮下肩膀，哀怨的瞪著場內的凶惡物種發出抗議宣言。

扉空掩著鼻，他討厭那股令人作嘔的味道。

「在接下來的五分鐘內，每隊隊伍至少要達到獵殺五十條人魚的標準才有晉級資格，能夠獵殺最多數量人魚的前五名將獲得名次積分，第一名五分、第二名四分……依序到第五名一分，在四場淘汰賽完成後的加計總分，前三名將晉級第四天的爭奪賽。」

「當然，若是在場內被人魚獵殺就會立刻失去此場比賽的資格，隊伍所有人都被人魚獵殺，那麼就直接當場整隊淘汰，但只要有一個人還在場內，就仍有資格參加第二場淘汰賽。那麼各位，歡愉的盛典即將開始——人魚慶典！」

隨著傑森張開雙臂興奮的宣布，無數人魚破卵而出進行無差別獵殺。

「銀狐、梅洛、帕帕、疾風！」

波雨羽一聲喊，所有人立刻游聚到波雨羽與水諸的身周，叫出自己的武器應戰凶猛而來的人魚。

利爪隨著水流席捲而來，浴血銀狐一個旋身，浮力的阻礙讓右腿劃破水流卻無法準確的踢到人魚，眼見魚尾一晃，人魚輕鬆退開閃過她的踢擊，發出尖銳刺耳的笑聲，魚尾一拍，人魚舉著利爪再次疾游而來。

帕帕高思將小提琴枕在頸肩夾著，右手的長弓平放琴弦，輕壓拖拉，低穩的淺音溫和響起，音箱發出共鳴，震波在水裡化成圈圈波浪向外擴散，被水波震到的人魚紛紛遲停游動。

水裡微微散出閃閃發亮的物體，仔細一看，水波竟像是利刃般從人魚的魚尾上刮落鱗片，疼痛讓人魚胡亂揮著手想抵擋這令自身痛苦的水波。

見機不可失，浴血銀狐和其他人互相交換眼神，趁著帕帕高思的樂音將人魚制住動向時，用著武器及技能將周圍的人魚隻隻斬殺。

被殺的人魚慘叫著化為泡沫消失。

水面之頂也在同時傳來巨響，眾人抬頭望去，只見在湖面的淺光之下出現了幾隻被冰凍結的人魚，而在那些冰塊的中央則是一名身穿黑色禮裙的紫髮少女，少女舉起右手，憑空一握，包覆人魚的冰塊也在同時破碎成灰。

「真是華麗的一擊呢！公會『白奪』裡人稱『鬱光之星』的幽那莉，在一瞬間就消滅了十隻人魚！」傑森興奮的揚手比向少女。

少女周圍繞游的六名男女俐落的向外游開，鐵鎖捆繞行動、刀刃斬頭、巨型炮彈分散成無數子彈追擊游逃的人魚，陣陣火花在水底炸開。

「『白奪』開始反撲獵殺人魚——看來成為本戰勝利者的機會非常之大呢！」

頂端的觀戰螢幕出現了幽那莉帶著自信笑容的特寫，平整的瀏海在水流下晃動，顯露出隱藏在底下的黑色花片。

「幽那莉！幽那莉！幽那莉！」白奪的加油團傳來一致的熱烈吶喊，音量響蕩嘹亮。

「扉空，那個女生的額頭……」伽米加指著螢幕訝異道。

「冰精族。」扉空不知道為什麼對方的花片會是黑色，但從技能招式和那特徵來看，對方應該是冰精族沒有錯。

「不過她的花片顏色和你的不一樣，難道是性別關係？」

「我也不知道，畢竟我在新手村的時候也沒看過其他人。」

那時候抽中隱藏式種族，到只有長老的孤單雪地，雖然他們同為冰精族，但扉空對幽那莉卻沒有那種連結的熟悉感，反而是種讓人不寒而慄的感覺。

「如果最後波雨羽對上那個人，應該不好打。」潛意識的下了結論，扉空神色凝重。

「就算敵人再怎麼難打，會長也一定會贏的呦！」

身旁的話語讓扉空望向青玉。

青玉用著肯定的表情注視著場內的波雨羽。

「因為會長他還沒有出手呢。」

水底，拉奏小提琴的帕帕高思快速的在各條琴弦跳動變換，激烈如暴雨的琴聲成為一波又一波的水刀攻向人魚，本來占著優勢，但沒想到隨著音樂的震不停歇，激動反抗的人魚卻逐漸變得像是適應琴聲，本來的扭曲表情逐漸平淡，連停滯的魚尾都開始緩慢游前。

一聲高音，小提琴弦應聲而斷！

斷弦的小提琴微微垂下，人魚俯衝而來，爪口逼近眼前！

抬起的藍眼閃過一抹紅，帕帕高思握著長弓就是一打，長弓閃出如鞭子般的利光，凌厲的光線一掃而過，爪口瞬間出現幾乎斷指的撕裂傷口，原本齜牙列嘴的人魚痛得縮回手，張嘴發出低低的吼音。

狂溯疾風手持雙刃寬劍擋在帕帕高思面前，猛然一砍，刺眼的光劃開阻擋的水流，瞬間將前方的人魚一刀兩斷。

「還好嗎？帕帕？」狂溯疾風回身詢問。

帕帕高思並沒有回話，而是拿出一條新弦準備替換琴上的斷弦。

沒想到此時又有三隻人魚攻來，帕帕高思趕緊拆掉斷弦，狂溯疾風也擔任起護衛的工作擋下對手凌厲的攻勢。

人魚向後退游，發出像是電視機壞掉般的沙啞聲音和同伴們交談，帕帕高思剛將新弦安置在繫弦板拉直，正要將弦頭穿進弦軸，沒想到四處與人追逃的人魚卻在此時突然群聚中央海域。龐大的人魚群環游如同一個巨大的球體，一個定點面向八方，長著尖牙的血盆大口張開，合音唱出令人難耐的高分貝音調。

無形的震波侵擾每位參賽者的耳膜，無法抵擋攻擊的人出現了狂躁的行為，耳朵抓得破皮見血也停止不了在血液中衝刺的利刃，喉嚨像是被堵住了氣管，抓出個洞只為了爭一口氣，只可惜在他們呼吸的瞬間，衝入肺部的氣體讓血液裡的衝動更加躁烈，人體出現了膨脹扭曲。

「碰！」

無數血肉之軀炸成碎塊從場上消失。

「人魚的歌聲如同毒藥，好幾個隊伍都紛紛失去資格了，還存在於場內的隊伍剩下三百二十一組，這三百多組人員有多少能撐到最後呢？啊！又有五組人員從場內失去資格了，看來若沒有強烈的抵抗力，是不可能輕易承受關主的攻擊。」

嘴裡嘆息著參賽者的生命逝去，但傑森的表情卻完全沒有任何可惜，反而異常興奮。

銳音如同鋸刀，對音樂異常敏感的帕帕高思難受的掩耳，也因為這個大意，小提琴從手中脫落，她想撈，卻抵不過那耳朵無法承受的音域，只能縮手掩耳。

長著粗繭的手掌覆蓋纖細的白指，帕帕高思被狂溯疾風拉著退離到他身後躲著，浴血銀狐舉著雙頭匕首替補上前，梅洛在每個人的身周架起小型的光暈球阻隔人魚的歌聲。

水諸糾成一團的面部終於放鬆，他垂下手，在光暈之內，刺耳的歌聲不見了。

「水諸，你的射程應該足以到達那個距離吧？」

觀察遠處與自己間隔約八百公尺的人魚群，水諸不敢確定的回答：「我、我沒什麼把握。」

「你可以的。」

波雨羽肯定的話語讓水諸一愣。

「你必須相信你自己辦得到，你的武器才會回應你的呼喚，不管在哪裡都是如此。水諸，這句話其實不該由我來說，在這裡講也不太適合，但是我認為你應該再有自信一點。你並沒有比任何人差勁，你也有許多別人所沒有的優點。」

「我也有……優點嗎？」

從小到大做事溫溫吞吞的他總是被人笑著指責，像球般的身軀讓他無法像其他人一樣奔跑快速，總是在最後一名。

他不懂自己已經那麼的努力了，為什麼還要被嘲笑？他像隻鴕鳥般將頭埋進沙土裡不去聽別人的言語，在別人罵的時候他笑，在別人嘲笑的時候他也笑，在想哭的時候他仍是笑著，因為只有笑著，才不會被指責得更過分。

連現實中都很少獲得誇獎的他，在這裡居然那麼輕易的被人信任著。波雨羽和他不一樣，總是能充滿自信輕易說出他無法說出的話語。

真是讓人羨慕。有時候，他真的會這樣想著、憧憬著。

「有呢，而且你的優點很快就會派上用場了。但是現在，我要你相信自己絕對能夠百步穿楊。」用力將水諸拉靠在自己身側，波雨羽肯定的對著他說：「唯有相信，才能辦到。既然都來到《創世記典》了，你也站在這裡，就放手一搏吧！讓所有人看看你最不平凡的樣子。」

——唯有相信，才能辦到。

會長他……難道是為了要讓他明白這件事情，所以才選擇他參加這次的競賽嗎？若真的是這樣……

水諸感動的注視著波雨羽，那側臉一瞬間好像融上了光輝。對他來說，會長波雨羽根本就是神明呀！

水諸充滿崇敬的眼神讓波雨羽不著痕跡的移開視線，心想：啊啊，總覺得自己好像說得有些過火了。

捲起袖口，波雨羽留下指令：「水諸，見機行事。」

「是！」拿下揹著的弓緊握，水諸目送波雨羽游向前方。

中央的人魚以雙數為伍，由前方的人魚帶頭，合力朝靠近自己的參賽者進行殺戮。

爪子染上鮮紅，尖牙啃咬喉頭撕下一塊肉，湛藍的海域再度染上鮮紅色澤。

無數隊伍逐漸被淘汰，場內只剩下不到百名的參賽者抗衡著。人們拿著自身的武器與人魚廝殺，也有獸人恢復野獸型態來抵抗，法師吟唱咒語，子彈強力射擊，無數色彩的圖陣與技能在藍色世界中綻放。

「『B. D Speeding』來了一記漂亮的反擊！本是溫和的金色之花，沒想到卻綻放出足以讓人致命的氣體！」

「『夏夜蟬音』也毫不遜色，隊長喜憂參半現出獅鷲真身，看吶！獅鷲的利爪連人魚都畏懼，相當輕鬆就將襲擊的人魚奪命！」

「『B.D Speeding』和『夏夜蟬音』目前各累積四十三隻與四十八隻人魚，位居第四名和第二名！」

波雨羽在紅袍男子身旁停下，喊了聲：「梅洛。」

馬上就意會的梅洛將展翅的手杖高舉，默唸幾聲詞，小芽順著柔枝從海之底層鑽出土面，枝芽成長纏繞，片片向上，茁擴壯大，大樹穿過人魚群，細枝像是手指般的柔軟活動，盤抓周遭的人魚。

「吱嘎嘎嘎嘎嘎——」

人魚用力拍打魚尾想甩開那糾纏的樹枝，但就算耗費所有力氣還是無法逃離，緊纏魚尾幾乎扭掉鱗片的樹枝用力後扯，激動扭晃的人魚瞬間被拉回大樹的主幹，像隻入網的蝴蝶，被藤蔓纏上手臂與頭髮，死死禁錮，無法逃離。

水諸架好弓箭，凝視被纏綁在大樹上無法動彈的無數人魚，凌光一閃，弓箭劃破水流射出，強勁力道迫開水壓，單支箭矢在大樹前分散成無數箭光，無法動彈的人魚只能可悲的成為標靶，眼睜睜看著箭矢射穿自己的喉嚨。

火光炸出的同時，浴血銀狐俐落的游穿在樹枝間，一掌壓制人魚的頭，刀光閃過，人魚的頭與身體瞬間分家，金黃色的血液在濺上衣服的前一刻就被水流沖刷掉，失去生命的頭顱逐漸乾枯。

浴血銀狐扔掉手上的斷頭，攀抓旁邊的藤蔓順著樹幹游著，收拾受困的人魚。

「『白羊之蹄』的梅洛用自身的種族奇招制伏了許多人魚，水諸的一招『天散奇箭』以及浴血銀狐的俐落殺法，遭到獵殺的人魚數量逐漸升高，二十九、三十……三十八！『白羊之蹄』用著飛快的速度追逐前方榜上的隊伍，不知道能不能在時間結束前擠進前五名。看來今年的參賽者真是高手雲集啊！相信本次的比賽絕對是精采可期！」

傑森說完的同時，觀眾席也紛紛傳來喧譁的叫好。

雖然梅洛的種族招式制伏了許多人魚，但那只是龐大數量中的十分之一，沒被困住的人魚也不浪費時間去救同伴，只將目標定在四周的參賽者身上。

波雨羽揮舞落櫻擋下從左方揮來的爪口，雙手緊握戟身用力一甩，突襲的人魚順勢撞在本要偷襲的另一隻人魚身上，雙雙墜下海底。

水諸一邊射殺朝自己攻擊而來的人魚，也護著施法的梅洛，三兩箭射穿撲襲來的人魚胸心。而失去武器的帕帕高思只能拿著長弓當劍，讓狂溯疾風護在身後。

一隻死亡，又有一隻重新誕生。

當波雨羽意識到時，五人周遭早已圍繞數量龐大的人魚群。

「嘶嘎嘎嘎——」

人魚發出笑聲，似乎在竊喜自己勝券在握。雙爪直伸，人魚朝五人衝游而來。

閃過一爪又一爪，波雨羽用力朝人魚的臉重重踩下，旋身游舞，落櫻尖銳的叉尖也跟著劃開人魚的肚腸。

水諸射出數箭，再轉身準備將攻擊梅洛的人魚擊殺，卻沒想到賢者會搶先擋下，法杖射出一束紫光直接將三隻直直排列的人魚撞翻。

「叮鈴鈴鈴——」廣播音響傳來了迴盪的鈴聲。

「哎呀，終於到了這個時刻呢，人魚慶典只剩下五分鐘就會結束，但為了增加比賽的樂趣，我們將利用這剩餘的五分鐘做點調整，全數人魚提升等級！」

隨著傑森興奮的喊聲，人魚的頭頂跟著出現「等級提升 LV. 2」的詞句，下一秒，俯衝而出的人魚讓所有人措手不及，迅速又敏捷的動作讓原本位居優勢的獵人被牽制住了行動，還有幾人被利爪直接穿心淘汰出場。

「在速度和攻擊都大大提升的前提下，看起來所有人都陷入了僵局。」

落櫻被緊緊抓住，連甩都甩不掉的強勁力道讓波雨羽難以施展攻擊，沒想到另一邊又有其他人魚緊接著攻來，他用力一扯讓牽制的人魚充當肉盾，被刺穿的血肉在眼前撕裂開來，落櫻凝光一聚，凶暴櫻花從叉尖噴出，如同漩渦般將好幾隻人魚捲入花海裡。

一聲悶音從身後傳來，波雨羽回頭望去，只見狂溯疾風的大腿多出了一道爪傷，絲絲鮮血從傷口漂出融進水裡。

波雨羽想幫忙，但情勢卻逼得他只能回身應戰。

水諸和梅洛則背靠背相互掩護身後。

吃力的動腳卻無法穩好身形，狂溯疾風揮舞寬劍的動作變得有些遲鈍，他只能將帕帕高思往後推，側身閃躲前方揮來的爪擊。

狂溯疾風的手臂被用力一扯，利爪驚險的從他頭頂掃過，帕帕高思游至狂溯疾風面前交替了位置。

「等一下、帕帕！」

眼見利爪正面揮來，帕帕高思也不閃躲，手一舉直接掐住人魚的手腕！她那看似纖細的手指，沒想到力道卻大到足以讓連結的關節扭曲，一秒，手腕連著骨肉碎裂，人魚捧著自己的斷手發出哀號。

帕帕高思原本的藍眼被紅色取代，額頭浮現出兩只黑色茸角，衣襟一拉，她從鬆脫的衣服中裸身游出，鱗片從額臉遍布至腳底，四肢化成粗長的蛇身與細長五爪，鼻側的雙鬚隨著游動漂晃，少女的軀體被巨大的龍形所取代。

紅眼中的圓瞳轉豎，細爪粗暴的抓破人魚的腦袋，黑龍張嘴，一口咬碎數隻人魚。

「這真是情勢的逆轉啊！沒想到原本被人魚制住行動的『白羊之蹄』竟在一瞬間逆轉了情勢，可人的帕帕高思變回龍族真身，三兩下就咬殺了數隻人魚！」

單不可敵，人魚群聚合攻，卻沒想到那巨龍根本不是光靠如此就能抵擋住。

黑龍衝破防護，迅速的擊殺二位數的人魚，用爪子、用利口，像隻脫控的野獸迎擊剛剛將眾人逼入死角的生物，嘴一張，黑色凝光聚集，危險的氣氛讓人魚不敢再戰，只好轉身拚命拍打魚尾往與黑龍的反方向奮力游去。

「不妙，大家快散開！」幽那莉喊道。

湖頂的人趕緊朝著兩邊游散。

黑龍的嘴噴出黑球，黑洞般的球體射向竄逃的人魚，游動的魚尾逐漸停擺，變得無法游動，強烈的拖力將眾多人魚拖進深黑的空間，黑球逐漸擴大，幾乎掩蓋四分之一的場地。

許久之後，海裡的黑終於散去。

只見中央的大樹僅剩殘根，上半部的樹頂全不見了。不僅如此，連人魚也幾乎消失了蹤影，只剩下十幾來隻縮在底端的珊瑚叢裡瑟瑟發抖。

黑龍的胸口大力的起伏，像是在喘息，紅眼變回淺藍，黑色鱗片從身上開始片片剝落，小巧的鼻頭與四肢顯露，下方傳來一聲喊，一件天藍衣袍由箭矢帶來，帕帕高思手指抓住衣領一甩、旋身，衣袍裹圈住不著衣物的軀體。

「時間到——第一場淘汰賽到此結束！」傑森手舉向天，高聲說道。

躲著的人魚一一變成泡沫消失，藍色的海水場景也跟著人魚的消失而蒸發，浮在半空的參賽者開始緩緩降往地底。

光裸的腳跟踩地，裙襬晃動，即使臉色蒼白，但帕帕高思看起來還是像個優雅的貴族。她拉著衣物四處張望，在看見自己想尋找的物品後，邁步小跑。

褐色的小提琴擱置在擂臺的邊角，帕帕高思彎腰將小提琴從地上撿起，拉著鬆垮的La弦將它重新安裝好，放在耳邊撥了幾弦聽著，發覺音有些不對後，再轉動調音軸進行調整。拿出長弓雙弦和拉著，聽著和鳴進行細調，由重至輕的完美音調讓帕帕高思開心的將小提琴緊抱在懷裡。

狂溯疾風跑到帕帕高思面前，目光停在某處，二話不說直接拉緊那微微敞開的衣領，將曝露的春光掩蓋。

「居然變回龍，真不知道該怎麼說妳，要是體力和MP整個用光看妳怎麼打。」

狂溯疾風像個老媽子般的碎碎唸著，一邊將白色的腰布繞過帕帕高思的腰間綁著固定衣服，但帕帕高思的目光卻直直盯著對方腿上的傷，她伸手抓住狂溯疾風大腿的褲料輕輕扯著。

「別、別亂拉！」抓著自己的褲頭以免被帕帕高思扯掉，狂溯疾風的臉竄上臊紅，撇著嘴道：「我的腳沒什麼事，不過就是一爪，跟之前和可雅山的雪獸對打比起來要輕多了。妳有什麼話就直接用說的，不要拉東拉西。」

帕帕高思指著自己張開的嘴。

「這裡是《創世記典》，才不會有什麼身體障礙發生。」

其實狂溯疾風是想聽聽帕帕高思真正的聲音。

帕帕高思露出思考的表情，最後牽起狂溯疾風的手，寫上一個字——「心」。

「又是這個字，每次妳都寫這個字，能換一個嗎？」

帕帕高思搖頭，用手背輕敲狂溯疾風的胸口，再次指著自己的嘴，然後將雙手放在自己的胸口上。

但狂溯疾風真的無法理解她比手畫腳卻不願說話的涵義，只能失望的嘆氣，握住帕帕高思的手腕將她拉著跑向隊友所在的方向。

抱著小提琴的手縮緊著，帕帕高思的眼裡出現波動。

——我的聲音，就只有這把琴能夠聽見，如果你能理解，那麼就會聽出琴音所想表達的話語。

「讓我們來看一下目前的積分排名！」

傑森手指天，螢幕上也開始出現翻轉著數字的名單，從最尾數的名次到前五名。

「第五名是『晝夜城A隊』，擊殺的人魚數量為九十八隻，獲得積分一；第四名是『B.D Speeding』，擊殺人魚數量為一百一十一隻，獲得積分二；第三名是『夏夜蟬音』，擊殺人魚數量為一百三十隻，獲得積分三；第二名是在最後以強大殺招瞬間抹殺大量人魚的『白羊之蹄』，擊殺人魚數量為一百七十三隻，獲得積分四。」

「沒想到是第二名呢！」

「第一場就拿下積分，白羊之蹄最棒了！」

觀眾席，數位白羊之蹄的成員搖旗吶喊。

傑森道：「最後本場淘汰賽第一名則是『白奪』，擊殺人魚數量為——」

螢幕上翻轉的數字停止。

「一百九十四隻！獲得積分五分！讓我們恭喜以上五組隊伍獲得積分！」傑森興奮的邊說邊鼓掌。

「白奪！白奪！白奪！」

「幽那莉！幽那莉！幽那莉！」

更大的聲勢壓過白羊之蹄的加油聲，可見那名叫做幽那莉的少女和公會白奪的聲勢之高，本以為白羊之蹄應該是最受歡迎的公會，沒想到會有另一個公會擁有更多的人氣。

扉空往後靠，注視場內波雨羽所在之地，分散的隊員正在聚集。

波雨羽拍了下帕帕高思的肩，笑著說了聲：「有第二名呢！」

哭得稀里嘩啦的水諸被浴血銀狐敲著頭，又被波雨羽笑著安慰。

或許是聽見眾人的加油聲，波雨羽朝向加油團的方向望來，最後視線停在扉空身上。被注視得不自在的扉空當然知道波雨羽的意思。

因為一直以來他都是擔任這樣的角色，有多少年沒這樣做過了？不過這裡這麼多人，他多少會覺得不好意思。

身旁的青玉站起，大喊：「白羊之蹄最棒！」

就某個方面來說，青玉真的很大膽。不，應該是他變得顧慮東顧慮西的。

「哥哥，來！」

手臂被一拉，扉空頓時站起，腿上的葛格也跟著蹬落地，睜著好奇的眼抬頭望著突然起身的主人。

青玉指著場內的公會夥伴，興奮說道：「哥哥也替大家加油吧！」

扉空遲疑的看著波雨羽。半晌，像是下定決心般，他深吸一口氣，將雙手圍靠在嘴邊，大喊：「波雨羽，做得好——」

波雨羽一愣，笑著豎起拇指。

或許某些時候，他也該放開來做一些事情。畢竟他都來到這個世界了，若是不開心的玩一玩，是不是有些太對不起拉自己進來這裡的青玉？

嘗試著去做，嘗試著去走。

扉空看著抱住自己的青玉，以及伽米加、座敷童子、杦木童子、荻莉麥亞……身旁許許多多的人所露出的燦爛笑容，他真心的期望自己能夠融入這群如同太陽般閃亮的人群裡。

——能夠像現在這樣……

他的手指輕輕勾住垂在身旁的手。

青玉一愣，抿著唇，臉上浮出粉撲撲的紅，最後往身邊一靠，握住扉空的手。

世界在此刻變得寧靜，好像只剩下他們兩人。

——像現在這樣，待在她身邊，看著她的笑，守護她直到永遠。

會場歡聲雷動，慶賀著過關的參賽隊伍。

A區淘汰賽第一場「人魚慶典」，正式落幕。

▲▲▲◎▼▼▼

半夜時分，人行道旁的商店幾乎都拉下鐵門，除了為了買消夜而走進便利商店的幾名男女，路上只有稀稀疏疏的幾輛車經過。

柳方紀靠坐在路邊的欄杆上，靠著路燈的照明拿起手機翻看了下時間，隨後目光落在不遠處透出亮光的便利商店。

橘色大燈由遠至近，轎車緩慢停駛在路邊，男子從駕駛座下來。

柳方紀轉身注視著來人，鏡片底下的眼神微微瞇起，他推了推鏡框，挑眉道：「真是好久不見呢，沒想到你會主動聯絡我。那麼，你特地約我見面的理由是什麼，現在可以說了吧……格里斯。」

格里斯的嘴抿成一道僵硬的平線，沉默了好一陣子才繞過車子來到柳方紀面前，隨著夜風的吹拂，那遮掩面目的瀏海微微飄動，露出帶有複雜思緒的雙眼。

在輕淺的呼吸後，格里斯終於開口表明自己的來意，壓抑的情緒融入話語。

車輛駛過，將兩人的交談帶入深夜之中，也為即將到來的局勢開啟另一絲變化。

Logging……

▶▶Loading...

番　外

# 【夜景項】那一天他所失去的……

「那我先下線了，晚上見！」

和同伴道別後，伽米加按下下線鈕，視野一瞬間轉黑，直到數秒過後再度恢復意識，他睜開眼，摘掉遊戲設備後起身前往浴室進行早晨梳洗。

鏡子裡的男子五官略深邃、黑髮黑眼，且留有一點小鬍渣。看見鏡中的自己，再回想起遊戲中的獸人樣貌，他忍不住輕笑出聲——有誰能把那獅子獸人與當今新銳導演夜景項聯想在一起呢？

待梳洗完畢後，夜景項換上平日的外出服，離開房間來到客廳，看見桌上的水果籃時先是遲疑了一會兒，但最後還是上前拿起。

「希望今天能夠順利說到話……希望小鳳能快點醒過來……」

像是禱告般低聲說完，夜景項拿起放置於玄關的車鑰匙，離開了屋子。

▲▲▲◎▼▼▼

路上，黑色轎車行駛於車陣中。

紅燈亮起，隨著剎車踩下，黑色轎車緩慢停駛在路口。

幾個小朋友相伴打鬧著跑過斑馬線，後方還有兩、三個追著跑了上來，很可愛的畫面，卻也讓夜景項不由自主的回想起過往。

他記得很久很久以前，他也曾經擁有過——珍貴的朋友。

「阿項，快點下來，我們一起去公園吧！」路邊的男孩朝獨棟住宅的二樓窗戶揮手喊著，男孩身旁還跟著一名身著漂亮洋裝的女孩。看見玩伴特地來找他，他丟下看到一半的書本，興奮的跑下階梯，碰的一聲打開門板，帶著開朗笑臉跑出屋外迎接友人們。

「麥格、小鳳！」他興奮的喊出玩伴的名字，才剛和屋內的家人道別，就立刻被麥格末快步拉走。

「等等我啦！阿項、麥格！」舒鳳抱怨似的聲音從身後傳來。麥格末減緩步伐，待舒鳳跟上後，空著的另一隻手也跟著抓住舒鳳的手腕，三人繼續朝公園方向邊笑邊鬧的跑去。

久違的回憶讓夜景項垂下眼。

他與麥格末、舒鳳三個人從小一起長大，但不知不覺間卻在某一刻產生了分歧。然而他總是刻意的忽略，他希望他們能一直保持著過往的友誼，他自認所有的事情都能平順的直達他們度過此生，直到那一天到來他才突然發現，原來事情從分歧的那一刻開始，就已經無法再繼續重回那條他們曾經一同前行的道路。

紅燈暗下，綠燈亮起。

後方車輛傳來催促的喇叭聲，夜景項回神，才發現號誌燈已經轉綠，他趕緊踩油門重新駕駛車子。

莫約半小時的路程，車子開進中央醫院的停車場。找到車位停下，夜景項解開安全帶，視線落在副駕駛座上的水果籃，抿著唇。

三年前，舒鳳在他生日當天特地約他出門，一頓慶祝餐點過後，他收下舒鳳的禮物——一條有著下墜火焰圖騰的銀飾皮鍊。

他向她道謝，並且聊了幾句，就如同以往的打趣相處。

本以為事情到此為止，當他正要道別時，沒想到舒鳳會在毫無預期的情況下向他訴說長久以來對他的戀慕，但他一直以來都把舒鳳當成妹妹看待，他不可能去承諾一份他無法給予的愛情，所以他拒絕了舒鳳。

他相信舒鳳會有更好的對象，他希望她能獲得真正的幸福。

但他太大意了，他從沒想過舒鳳會做出這樣的抉擇——

「你明明知道我一直愛著你。我要的很簡單，只要你永遠看著我一人，永遠留在我身邊……我要求的不多，為什麼你的心還是不願留下來呢？那麼，如果我死在你面前，你就會……永遠將我留在心上，永遠只記住我一個人了吧！」

舒鳳說出偏激的言詞，並且衝向馬路，想用死亡來強迫他停留目光。

當他意識到想抓住對方的時候，卻已來不及！

尖銳的剎車聲、路人的尖叫，還有重物倒地的悶音聲響……這些聲音他無法忘懷。他不知道事情為什麼會變成這副模樣，只能茫然的看著馬路，那躺在血泊中的少女，還有抱著舒鳳對他怒吼著的麥格末。

滴落的雨水與暗色的液體融合漂流，如同述說著早在分歧的那一刻就無法再變回平順模樣的友誼——深濃，卻也分散。

夜景項終止回憶，低頭看著自己的雙手，指尖似乎還殘留當時觸碰到衣邊卻落空的觸感，那讓他全身冰冷發抖不已的恐懼。

用深呼吸來穩定因為那鮮紅記憶而起的慌亂心神，夜景項拿起水果籃下車，鎖上車門，往醫院大門的方向走去。

玻璃門開啟，夜景項走進布滿人群的醫院大廳。

寬廣的大廳充滿醫院特有的藥水味道，廣播循唸下一號領藥人上前。

轉過右邊的走廊，人群逐漸減少，走廊的盡頭只有兩人——坐在輪椅上等待電梯的老人，以及照顧老人的護理人員。

牆壁上的數字往下減，在到達「1」的時候「叮」的一聲，金屬門往兩邊開啟。

夜景項率先走進電梯裡按下延遲開門鈕，在護理人員推著老人進入電梯後才轉而按下關門，並按下自己所要到達的樓層。

他轉頭詢問了護理人員，也一併按下對方要前往的樓層鈕。

「謝謝。」女子輕聲道謝。

夜景項回以微笑，「不客氣。」

小小的空間很安靜，幾乎聽不見電梯導輪跑動的聲音，只有淺淺的呼吸聲伴隨著腳步感受的重力和緩起伏。

「叮！」

**『十二樓已到，電梯門即將開啟。』**

金屬門扉再次開啟，所見的卻是貼著不同指引牌示的牆面。

夜景項踏出電梯，身後的金屬門再次閉合。

左邊是帶窗的牆面，右邊則是通往樓層櫃檯的長廊。

不知道來過幾遍，這個他熟悉不已的環境。

提著水果禮籃的手指微握了握，深吸一口氣，下定決心，夜景項終於邁開步伐，走向那傳來廣播與聲音的廊口。

▲▲▲◎▼▼▼

一人的獨立病房，病榻上躺著一名沉沉睡著的女子，氧氣罩連接床邊的儀器，幾條線連接延伸至女子的病服裡，床頭儀器隨著綠色線條起伏，規律的發出「嗶、嗶」的聲音。

女子的臉蒼白如紙，就連該是粉紅的嘴脣也幾乎快跟皮膚一樣的色調。因為無法進食，她只能依靠注射營養藥劑來維持基本的生命機能。

扎著點滴針的手瘦如枯枝，靜放在身側，而另一隻手則是被坐在床邊的男子緊握在手裡。

空間彷彿是一張圖畫，靜止得讓人不敢呼吸。

從那時候開始，她住進了病房，但卻從沒睜開過眼來看看每天照顧她的他，他們原本該有的生活都從那一天開始被打亂得一塌糊塗，連挽回都做不到。

如果能，他恨不得當時車禍的是他，這樣他就不用注視著這沉睡不起的臉龐三年，看著原本總是映滿笑容的少女變得消瘦，看著她逐漸改變卻是失去生氣，而不是恢復健康。

手掌憐愛的撥起女子的瀏海，輕撫著女子的額頭，麥格末陷入自我的回憶裡，那段曾經相處的過往。

一道腳步聲停在病房口，隨著房門的推開，被打斷回憶的麥格末抬起頭，在看見門口的人時神情先是錯愕，隨後眼神一沉，低聲道：「你來這裡做什麼！」

夜景項鼓起很大的勇氣才踏進病房，面對麥格末的怒氣，他並沒有多說什麼，舉了舉手上的水果籃，抿脣遲疑道：「我……我想來見見小鳳……還有你。」

終究到底都是因為他的大意才讓事情變成這般模樣，舒鳳出了車禍昏迷三年不醒，而麥格末性格大變，變成《創世記典》的殘忍劊子手「炙殺」，他真的想好好的道歉。

以前麥格末只要看見他來就直接將他趕出病房，還有面對舒鳳父母不諒解的表情，夜景項真的不知道該如何是好。但現在，經過遊戲的那件事情後，麥格末會不會願意靜下來聽他說話，他想再試試，所以才特地來這一趟。

「我不想見你，小鳳也不會想見你，滾出去。」雖然麥格末的語氣已經沒有之前幾次的惡劣，但話語還是依然如此，深深的隔絕。

「我真的很抱歉，麥格，不管要我說幾次、來幾次都沒有關係，小鳳變成這副模樣我也不願見，我比任何人都希望她能夠醒過來，更寧願現在躺著不醒的人是我而不是小鳳！」回想起舒鳳出意外的那一天，夜景項無法再保持語氣的平靜，微微顫抖著，隱忍著那股這幾年來徘徊在心、快要將他吞噬的崩潰繼續說：「我很珍惜我們三個人的友誼，我真的很希望我們能變回以前那樣的相處，重新再成為一起長大的好朋友。」

這三年來，他每天每夜都在祈禱，祈禱舒鳳能夠醒來、祈禱麥格末能夠原諒他、也祈禱時光能夠倒轉讓一切重回扭曲變形的前一刻，讓他能夠去阻止所有事情的發生。

但他的祈禱一直無法實現。

「不可能。」

雖然早知道麥格末是不可能被遊戲裡的事情所影響而給他好臉色，但夜景項親耳再次聽到那否決的話語還是很受傷。他真的不了解為什麼事情會在一夕之間變成這副模樣，而他想拉卻拉不回一絲邊角。

麥格末放下舒鳳的手，起身來到夜景項面前，雖然眼裡已經沒有當時那股強大的怨恨，但帶有的負面情緒卻還是讓夜景項難以承受。

夜景項一直希望可以挽回過往的友誼，只是卻沒想到會是那麼的困難。

「我應該說過，這輩子你都得為你犯下的罪孽贖罪，你看你好好的站在這裡，但小鳳呢？」麥格末指著病床上躺著的女子，臉上的表情難看得像是在哭，「她躺了三年了。三年……你能明白這段時間讓我、讓小鳳的父母、讓其他人有多難熬嗎？但我們能做什麼？就是不停的等，我們不知道她什麼時候才會願意醒來，只能抱著那股快受不了的情緒不停的等著！」

等待很煎熬，等過了一天又一天、一年又一年，卻還是等不到對方醒來睜開眼看自己一眼，有時都快搞不清楚自己到底在等些什麼，只知道自己等得很痛苦。

「我真的很抱歉事情變成這樣……」

「滾，別再來了。」

「麥格，我真的比任何人都要……」

「給我滾出去！別再來打擾小鳳！」

麥格未動手想將夜景項推出病房，豈知這次夜景項腳步竟踩得緊，沒再讓麥格未像以前那樣輕易的將他推出病房、狠狠甩上門拒絕面訪。

推擠間，水果摔出籃子掉落在地，滾著滾著滾到了床腳，漂亮的表面多出了一道露肉的爛口子。

露出毯被的枯瘦手指微微的動了動，爭吵的聲音讓舒鳳覆蓋的眼皮顫動。

「麥格，拜託你聽我說好不好！」夜景項抓著麥格未的雙臂，重重一甩制止對方的推擠行為，他低吼著：「為什麼你和小鳳總是這樣不願聽聽我想說些什麼！」

麥格未扒著髮，恨恨的別過頭，一掌重重的拍打在牆壁上。

等待很難熬，將所有人都逼到極限了。

「我說我不愛小鳳，把她當成妹妹，小鳳她不願聽，她說她要死在我面前來讓我記得她、愛上她；我告訴你我想重回過往的友誼，我不停的道歉、懺悔，不管你怎樣責怪我，我都承受，但這三年來你也未曾聽進我說的任何一句話。我比任何人都要自責，也更希望小鳳能夠醒過來，你們在等，我也在等！」重重的吼完，夜景項深呼吸壓下那股翻湧的心酸，看著痛苦不已的昔日友人。

他知道自己根本沒資格發怒，他本來也不想把場面弄成這樣，但卻忍不住失控了。

夜景項緊抿著脣，將水果籃放在一旁的櫃子上，苦澀道：「我很抱歉，真的很抱歉。」彎腰撿起床腳爛了一口子的水果，夜景項轉身離去，但在腳步正要踏出門口時，卻聽見麥格末傳來慌張喊著的語調。他轉頭看去，只見床上原本躺著沉睡的女子竟然出現了動靜，被毯下的身軀像是想要起身般的抬動。

「小鳳！？」

麥格末率先衝到床邊，夜景項也快步來到床的另一邊，兩人臉上都掛著難以置信的表情，因為舒鳳竟在不知何時睜開了眼。

那雙虛弱的黑眼先是盯著天花板好一會兒，隨後一動看了夜景項一眼，最後落在麥格末的臉上。

麥格末緊緊握住那露出被毯想要抬起的手。

舒鳳張開的嘴發不出實體的音調，只能用著脣型無聲的說著：「麥格。」

一直隱忍的情緒潰堤了，麥格末緊緊的抱著舒鳳，低聲哭泣。

▲▲▲◎▼▼▼

昏迷三年的舒鳳在意外間醒來，這對所有人來說都是一個驚喜，不管是等待女兒多年的父母，還是一直陪伴守候的麥格末。等待的結果終於到來，讓所有人都開心不已，只是卻也迎來一個意外的消息。

舒鳳醒來後只記得麥格末，卻不認得夜景項。

聽到這個消息，夜景項先是一愣，不過隨後也接受了這個事實。或許對舒鳳來說，比起記得過往，不如忘了他的一切會讓她更輕鬆。

但對舒鳳來說，他就像是重新認識的陌生人，要想回到過往的三人友誼已經不可能了。

兩個禮拜後，當夜景項提著水果籃再度來訪時，看見的便是相互依靠的兩人——麥格末扶著舒鳳下床嘗試走動。

目光一接觸到門口的夜景項，麥格末的臉色明顯一變，他扶著舒鳳回床上休息，然後拉來椅子坐下，卻沒再對夜景項口出惡言。

或許是舒鳳的清醒讓他們一直僵著的關係起了軟化，夜景項很想這樣想，也盡量不再讓自己去觸碰那條他不該再踏的界線。

「麥格，你的朋友又來了呢。」

舒鳳露出微笑，雖然語調虛弱，但比起剛醒來連話都無法發聲的狀況真的好太多了，原本消瘦的身形也開始補回了一點元氣，雖然與過往差上些許，但還是能看見那標緻的清秀模樣。

「他才不是我的朋友。」麥格末皺起眉，對舒鳳的言詞頗有意見。

舒鳳笑了笑，轉而對夜景項道：「謝謝你來看我。」

被舒鳳率先招呼，夜景項突然有些不知所措，畢竟他還不太敢忽略麥格末的難看臉色，只能將水果籃放在靠門的櫃上後，站在那裡，與舒鳳隔著一段距離，詢問：「身體還好嗎？」

知道夜景項是顧慮麥格末，舒鳳也不多說什麼，點頭回答：「嗯，雖然還使不上什麼力，但有麥格幫忙稍微可以走幾步，醫生說再多復健一段時日，應該就能自己使力走了。」

「是嗎？那真是太好了，下次……」

夜景項話還沒說完，便被麥格末搶先打斷。

「問完了你可以走了吧，別打擾小鳳休息。」

驅趕的話語再度出現，而夜景項只能抿著脣，微微聳一下肩膀。雖然不太明顯，但舒鳳還是敏銳的察覺到了，她捧起床邊櫃上的保溫鍋遞給麥格末，要求道：「麥格，可以請你幫我把雞湯拿去熱一熱嗎？我想喝。」

「這放沒多久，應該還有點溫……」

「人家想喝熱的啦！你不去的話我自己去。」

見舒鳳真要翻身下床，麥格末嚇得趕緊搶過保溫鍋，保證自己會好好把雞湯拿去弄熱後便起身走往門口，順便扔了枚瞪眼給夜景項，示意他別待在病房打擾舒鳳。

夜景項只能無奈的垂下肩膀，準備跟著麥格末一起離開病房，豈知舒鳳竟然開口叫他。

「夜先生，能不能請你留下來呢？」

麥格末瞬間回身，正要說出阻止的話語，沒想到舒鳳一句話就將他堵回去。

「你不在的時候要是我突然想拿什麼東西，或是跌下床怎麼辦？在你回來之前，就讓夜先生先待在這裡應該沒什麼差吧？」

舒鳳的眼眸眨巴眨巴的望著，逼得實在是鬥不過的麥格末只能投降，畢竟舒鳳說的話確實也沒錯，若他不在的時候舒鳳真有什麼閃失可怎麼好。

麥格末用眼神再三警告夜景項別亂打什麼主意，然後提著保溫鍋離開病房。

「請過來這裡坐吧。」舒鳳指著床邊的椅子。

雖然遲疑，但夜景項最後還是挪步來到病床邊坐下。

「夜先生，你和麥格是怎麼認識的？」

問他和麥格末怎麼認識的，這要他怎麼回答？他和麥格末還有舒鳳是從小一起長大的青梅竹馬，可不能這麼說吧？

思考了一會兒，夜景項小心翼翼的回答：「玩遊戲認識的。」

「遊戲……那你一定誤搶了他的寶箱。」

聽見話語，夜景項失笑：「妳怎麼會這樣想？」

舒鳳雙手輕輕互握，理所當然道：「因為麥格在跟你生氣呀，雖然不是大發雷霆的那種，但他對你的反感連護士都看得出來……不太好。」

麥格末對他怎麼可能好得起來，畢竟舒鳳會出車禍昏迷三年全是因為他，就算現在舒鳳醒了，麥格末也不可能立刻拋棄過往的怨仇，因為他是那麼的深愛著舒鳳。

「但你卻一直在忍讓，這可不行呢，你太寵他了。」舒鳳搖搖頭，表示不太贊同夜景項的忍讓做法。

「除了這樣，我不知道該怎麼做才能回到以前的關係。還有對妳，我真的很抱歉。」

舒鳳眨眨眼，偏了頭，笑著回道：「為什麼要對我道歉呢？」

「因為……」想要說出口的話語到一半便卡在喉嚨裡吐不出來，夜景項只能撇開眼，雙手緊抓著褲管的布料壓抑滿腔情緒。

「夜先生。」

夜景項望向舒鳳，只見她露出了相當溫柔的笑容說：「能請你聽我說個秘密嗎？」

夜景項一愣，點了點頭。

舒鳳視線向下一瞥，在深吸口氣後，開始述說：「我知道我昏迷的原因是因為車禍，也知道我是為了某個人才會出那場車禍。在那段昏迷的日子裡，我能感覺到自己應該是睡著的狀態，但卻能聽見其他人的交談聲，然後有道聲音就像是在聊天般的一直向我說了許多話……」

「有時候是很繁雜的瑣事，說自己今天遇到了什麼事物，有時候卻自己說著說著就變成了哭聲……」

舒鳳閉上眼，回憶起那段時間斷斷續續聽見的話語，黑暗的空間依稀傳來某人在說著什麼、哭泣著，當她突然意識到、想起那道聲音是誰的時候，就這樣醒了過來。

「我醒來不是為了記得過往，而是為了那個在我床邊哭得吵到我無法再睡的人。」

夜景項眼裡出現詫異。

舒鳳這話是代表什麼意思？

是她並沒有忘記過往，還是在單純述說一件經歷？

「啊啊、麥格差不多要回來了呢，夜先生要不要先離開呢？」

突然的提問打斷夜景項的混亂思緒。抿了抿脣，夜景項在深吸一口氣後，起身道別：「那我就先告辭了，請好好保重。」

「我會的。」舒鳳露出微笑。

夜景項點了點頭，轉身走向房門，剛打開門，身後便傳來了一聲喊。

「夜先生。」

夜景項回過頭，只見舒鳳在沉默了一會兒之後，深吸口氣，然後露出了他再熟悉不過的表情，如同過往回憶裡，在他每每失意的當下，女孩為他加油打氣時所露出的表情。

「那不是你的錯。」

話語不再是當時的尖銳激動，而是坦然的平淡。

眼睛有些酸澀，夜景項咬牙忍住心中翻湧的情緒，直到確認自己能夠好好面對時，才再度抬頭面對舒鳳，他道：「謝謝。」

舒鳳沒再多說什麼，只是對他笑著揮手。

他轉身離去，重新關上房門。長久以來深深壓迫的重量似乎減輕了不少。

此時手機傳來了鈴響，他接起電話：「喂，你好，我是夜景項……是，關於那個地點……」

提著保溫鍋回到病房前的麥格末恰巧看見夜景項離去的背影，抿著的脣似乎想說些什麼，但最後麥格末還是什麼都沒有說出口，就這樣沉默的看著，直到對方消失在轉角後才收回視線，打開病房的房門。

「小鳳，我湯熱完了。」

麥格末來到病床邊，將保溫鍋裡的雞湯舀進瓷碗裡，正要遞給舒鳳，才發現對方一直望著窗戶。

「今天天氣不錯呢。」

聽見舒鳳的話語，麥格末順著望去，窗外的天空湛藍無雲，是近幾天來最晴朗的天氣了。

舒鳳回頭注視著他，好奇詢問：「麥格，你喜歡什麼樣的天氣呢？」

——問我喜歡什麼樣的天氣？

麥格末垂下眼，輕聲回道：「只要不是雨天，就能接受。」

那一天，濃稠的液體與雨水融合，他無法忘懷，只是有時也不免想著，如果能回到下雨前的那一刻去阻止一切的發生不知道該有多好，或許他們就不會變成現在這副模樣。

「雨天啊……」舒鳳手指抵著唇，隨後笑了，「我也不太喜歡呢。」

**也許，他們都在等待……**

走上醫院外圍道路的夜景項停下腳步，回頭望向某扇窗戶，閉上眼，似乎還能聽見耳熟的笑聲從那間病房裡傳來。

從不知道什麼時候開始分歧的道路，他希望自己還有那份資格可以重新連接起來。

雖然不知道還要多少年，雖然不知道還需要多少時間，但是他會努力下去，他會重新修補這段已破碎的友誼。希望有一天，他、舒鳳和麥格末能夠回到像一切未曾改變之前的相處。

垂下眼，夜景項深吸口氣，輕喊了聲「加油」之後，轉身離去。

**……等待一個能夠重回三人一同前行的道路的機會。**

番外　【夜景項】那一天他所失去的……　完

《幻魔降世05友情萬歲．坦誠相見真男人！》完

敬請期待更精采的《幻魔降世06》

THE DEPUTY OF THE GOD OF THE EARTH IS IN PRACTICE.
Novel 佐維 Riv
代理土地公
執業中
超好康職業徵才
職務名稱：土地公
工作內容：坐在神桌上，傾聽客戶訴求，決定筊杯方向。
公司福利：月薪＋獎金，免費供吃住，配備超炫飛天拐杖。
有沒有這麼爽!?
《現代魔法師》作者佐維×插畫家Riv聯手出擊
代理土地公 新鮮上任！
典藏閣
華文聯合出版平台
www.book4u.com.tw
采舍國際
www.silkbook.com
不思議工作室
立即搜尋
版權所有© Copyright 2015

My Voice Actor Prince 01
我的聲優王子 01
~Love恋~
NOVEL 墨子都
ILLUST Jond-D
當聲控飯少女遇上聲優「陛下」&男神「蜀黍
二次元到三次元錄音室的
愛的宣言！
陛下「朕想要的，不過僅是妳一人！」
蜀黍「當我的女朋友好嗎？」
小葵「……」(⊙o⊙)
——媽咪，妳女兒終於不再滯銷了！
Duoex
典藏閣
華文聯合出版平台
www.book4u.com.tw
采舍國際
www.silkbook.com
不思議工作室
立即搜尋

小說
novel
M.貓子
illust
麻先みち
秋境
我家門前有狐仙
SUNG YA NOTE
VOL.1
松雅記事
繼《侵略地球手冊》、《泰利耶之戰》、《空氣戀人》後，
M.貓子最新力作，
搭配PIXIV知名人氣繪師麻先みち
人類與狐仙纏綿悱惻的愛戀……
──不、不對！是人類被狐仙拐騙當助手當男傭當飼主啊啊啊！(╬￣皿￣)
典藏閣
華文聯合出版平台
www.book4u.com.tw
采舍國際
www.silkbook.com
不思議工作室_
立即搜尋
版權所有© Copyright 2014

飛小說系列125

# 幻魔降世05

## 友情萬歲・坦誠相見真男人！

出版者■典藏閣
作　者■蒼漓　繪　者■生鮮P
總編輯■歐綾纖
製作團隊■不思議工作室

郵撥帳號■50017206 采舍國際有限公司（郵撥購買，請另付一成郵資）
台灣出版中心■新北市中和區中山路2段366巷10號10樓
電　話■(02) 2248-7896　傳　真■(02) 2248-7758
物流中心■新北市中和區中山路2段366巷10號3樓
電　話■(02) 8245-8786　傳　真■(02) 8245-8718
ISBN■978-986-271-592-5
出版日期■2015年4月

全球華文國際市場總代理／采舍國際
地　址■新北市中和區中山路2段366巷10號3樓
電　話■(02) 8245-8786　傳　真■(02) 8245-8718

新絲路網路書店
地　址■新北市中和區中山路2段366巷10號10樓
網　址■www.silkbook.com
電　話■(02) 8245-9896
傳　真■(02) 8245-8819

**☞您在什麼地方購買本書？☜**

1. 便利商店（______市／縣）：☐7-11　☐全家　☐萊爾富　☐其他______________

2. 網路書店：☐新絲路　☐博客來　☐金石堂　☐其他__________

3. 書店（______市／縣）：☐金石堂　☐蛙蛙書店　☐安利美特animate　☐其他_____

姓名：__________地址：______________________________________

聯絡電話：__________電子郵箱：______________________________

您的性別：☐男　☐女　　　　您的生日：__________年__________月__________日

（請務必填妥基本資料，以利贈品寄送）

您的職業：☐上班族　☐學生　☐服務業　☐軍警公教　☐資訊業　☐娛樂相關產業

☐自由業　☐其他____________

您的學歷：☐高中（含高中以下）　☐專科、大學　☐研究所以上

**☞購買前☜**

您從何處得知本書：☐逛書店　☐網路廣告（網站：______________）　☐親友介紹

（可複選）　☐出版書訊　☐銷售人員推薦　☐其他______________

本書吸引您的原因：☐書名很好　☐封面精美　☐書腰文字　☐封底文字　☐欣賞作家

（可複選）　☐喜歡畫家　☐價格合理　☐題材有趣　☐廣告印象深刻

☐其他______________

**☞購買後☜**

您滿意的部份：☐書名　☐封面　☐故事內容　☐版面編排　☐價格　☐贈品

（可複選）　☐其他

不滿意的部份：☐書名　☐封面　☐故事內容　☐版面編排　☐價格　☐贈品

（可複選）　☐其他

您對本書以及典藏閣的建議______________________________________

______________________________________________________________

______________________________________________________________

✌未來您是否願意收到相關書訊？☐是　☐否

**✎感謝您寶貴的意見✎**

**印刷品**

請貼
3.5元
郵票

235 新北市中和區中山路二段366巷10號10樓

# 華文網出版集團　收

（典藏閣－不思議工作室）

友情萬歲．坦誠相見真男人！

幻魔降世

Create Dream Online05